ビーズログ文庫
アリス

アオペラ -aoppella!?-

みんなで届ける歌声《ハーモニー》

文里荒城
原作・監修・イラスト／KLab Inc.

イラスト／KLab Inc.

contents

パート：2nd
鈴宮《すずみや》 壱《はじめ》
パート：3rd
雁屋園《かりやその》 道貴《みちたか》
パート：Bass
宗円寺《そうえんじ》 雨夜《さよ》
パート：Top
丹波《たんば》 燐《りん》
パート：4th
四方《しほう》ルカ
-aoppella!?-

FYA'M'
パート:Top
綾瀬光緒《あやせみつお》
パート:Per
深海《しんかい》ふかみ
パート:4th
宗円寺《そうえんじ》 朝晴《あさはる》
パート:2nd
紫垣《しがき》 明《あきら》
パート:Bass
猫屋敷《ねこやしき》 由比《ゆい》
パート:3rd(Lead)
是沢舞斗《これさわまいと》
chara

アオペラ

aoppella!?

プロローグ　僕らのこれから

初めての合同ライブ当日は、雲一つない青空が広がっていた。

青の向こうに、アカペラと観客の歓声《かんせい》、拍手《はくしゅ》が吸い込まれていく。

そんな盛り上がっている様子を、ステージ裏で少年五人は聞いていた。

「たくっ、勝手にどっか行くなよな」

「先に歌うグループがあるとはいえ、呼ばれたらすぐに行けるようにここにいようね、壱《はじめ》」

「ん」

目つきの悪い少年が肩《かた》を竦《すく》め、優《やさ》しそうな少年が諭《さと》すように言う。

特に二人の言葉を気にする様子もなく、どこか無表情に、壱と呼ばれた少年は頷《うなず》いた。

「わわわっ。ボク、緊張《きんちょう》してます……！」

「オレも……心臓、今にも口から出てきそうだよ」

深呼吸を繰《く》り返《かえ》しているのは垂れ目の可愛《かわい》らしい少年と、見目のいい少年だ。

壱は、そんな二人をじっと見たあと、背後へ移動する。

「えいっ」

そして同時に、二人の背中をツン、とつついた。

「ひゃわっ」

「ど、どうしたの、壱くん」

「緊張のなくなるツボ」

「そんなのあるの⁉」

「かも？　どうかも？」

「えっと……」

「音和《おとわ》高校の皆《みな》さん、そろそろステージの袖《そで》へ」

そんなやり取りをしていると、スタッフに呼ばれた。

「それじゃあ行こうか」

「あ、その前に。ネットで見かけたんだ。こういうときは、円陣《えんじん》組むんだって」

「お、いいな、それ。雨夜《さよ》、道貴《みちたか》、ルカ、来いよ」

五人は円陣を組み、互《たが》いの顔を見つめ合う。

「そんじゃリーダー、よろしく」

「誰《だれ》？　リーダー」

「お前に決まってんだろ、壱。部長兼《けん》リーダー」

「なんでかなあ。リーダーは僕より雨夜の方がいいって、何度も言ってるのに……」

そう言いつつも彼は、急《せ》かされてすう、と息を吸う。

「これが、僕らの始まりだから――みんな、楽しむよ」

肩に触《ふ》れる手の温かさを感じながら。

五人は、今日までのことに思いを馳《は》せた。

第一章　五人の始まり

鈴宮壱《すずみやはじめ》が、駅から歩いて二十分ほど先にある公園へ足を運んだのは、桜が散り、ぽかぽかと春の日差しを感じられるようになった、四月中旬《ちゅうじゅん》のことだった。

平日とはいえ、もう放課後だからだろう。公園は遊びまわる子どもで賑《にぎ》わっている。

（ゾウさん、もう新作上げたかなあ）

そんな彼らを横目で見ながら、ぼんやりと自分の思考に没頭《ぼっとう》していた壱は、不意に後ろから腕《うで》を摑《つか》まれて引っ張られた。

「壱、そっちじゃないよ」

振《ふ》り向くと、壱と同じブレザーに身を包んだ男子高校生が苦笑《くしょう》していた。皺《しわ》一つない制服をきっちり着こなしている彼は、宗円寺雨夜《そうえんじさよ》。左目の下にある二つの泣きボクロが特《とく》徴《ちょう》の、壱の友人である。

「一人で行こうとすんな」

さらにそんな壱と雨夜の前へもう一人、男子高校生が仁王立《におうだ》ちになる。雨夜と対照的に制服を着崩《きくず》し、アクセサリーを身に着けている彼は、丹波燐《たんばりん》。彼もまた、壱の友人だ。

「つか、なんで今の一瞬《いっしゅん》で違《ちが》う方向に向かってんだよ」

両目を細める燐の表情は、傍《はた》から見ればまるで睨《にら》みを利《き》かせているようだった。けれどそう見えるのは彼の目つきが悪いからなだけで、この表情が呆《あき》れと心配から作られていることを、壱も雨夜も理解していた。

だから壱は特に焦《あせ》ったりする様子もなく、いつもと変わらない無表情で首を傾《かし》げる。

「おかしいね？」

「それはこっちの台詞《セリフ》だっつの！　お前は、俺と雨夜の背中だけを見てついてこい！」

たくっ、と呟《つぶや》きながら、燐が歩き出す。

「僕が壱から目を離《はな》しちゃったから。ごめんね。壱がはぐれないよう気をつけるね」

雨夜は壱の腕から手を放すとそう言って、隣《となり》に並んで燐を追う。雨夜の歩調に合わせて、壱も進んだ。

「着いた着いた。ここだ」

燐の後ろから顔を覗《のぞ》かせた壱は、目の前に広がる光景に「おぉ……」と呟いた。

野外ステージの前には、数十人の観客がいる。

「それでは今から十五分の休憩《きゅうけい》とさせていただきます。第二部開始までしばらくお待ちください」

「ちょうどいいタイミングだったみたいだな」

アナウンスを聞いた燐は、集まっている人の間をすり抜《ぬ》けて、ステージがよく観《み》える場所を探す。壱も、雨夜と共に彼についていった。

適当な場所で足を止め、第二部の始まりを待つことにする。

周囲を見回した燐が、「へー」と感心したような声を上げた。

「こんなとこに野外ステージがあるって、高二になって初めて知ったぞ。あと半月早ければ、ついでに花見もできたのにな」

そう言われて見てみれば、野外ステージの裏に、爽《さわ》やかな緑の葉を風に揺《ゆ》らす桜の木がいくつも立っている。

「つかさ。壱と雨夜とは中学から仲良くつるんでたってのに、ライブに来るのは初めてじゃね？」

「映画や遊園地はよく行ったけど、ライブはなかったね」

そう言って頷《うなず》いた雨夜は、野外ステージと観客へ交互《こうご》に視線を向ける。

「……それにしても驚《おどろ》いたよ。朝晴《あさはる》兄さんたち、こんなにちゃんとしたステージで歌ってたんだ。ねえ、燐。舞斗《まいと》さんとは、バイト先で部活の話題は出なかった？」

「アカペラ部なのはもちろん知ってたし、ライブもときどきしてるってのは聞いてたけどさ。俺がアカペラとか興味ねえから、それ以上詳《くわ》しく聞いてなかったんだよな。舞斗も、聞かれなければわざわざ言わないしよ」

燐と雨夜の一歩後ろで、壱は二人の会話を聞いていた。

今日ここへやって来たのは、壱の幼馴染《おさななじみ》であり燐とはバイト先が同じの是沢《これさわ》舞斗と、雨夜の双子《ふたご》の兄である宗円寺朝晴が、部活動の一環《いっかん》としてライブに参加すると聞いたからである。

舞斗と朝晴は、私立奏ヶ坂《かなでざか》中学高等学校アカペラ部の部員なのだ。

第二部のトップバッターということで、壱たちはその時間に合わせてここへ足を運んだ、というわけである。

(まだ時間あるし……始まるまで、ゾウさんのチェックしよ)

壱はスマホを取り出す。

その間にも、燐と雨夜の会話は続いていた。

「今日のは、参加者全員高校生なんだったか？」

「誰《だれ》でも参加可能みたいで、小学生も参加してるよ」

「小学生も？　はー……アカペラってのは、年齢層《ねんれいそう》が広いんだな」

「アカペラは楽譜《がくふ》が読めなくても、耳コピでいきなり歌うところから始められるからね。実は参入障壁《しょうへき》が低くて、専門知識もさほど必要ないっていうのが魅力《みりょく》の一つかな」

顔の横に人差し指を掲《かか》げてぺらぺらと話す雨夜に、燐が目をぱちくりさせる。

「なんだよ、詳しいな」

燐が言えば、雨夜は笑いながらポケットから紙を取り出した。

「入り口に置かれてた、このチラシの受け売り」

壱と燐は素通《すどお》りしてしまったが、雨夜は公園に入る前に気づいて手にしていたらしい。

「あと兄さんがアカペラ部を設立するって聞いて、前、少しだけ調べたんだよ」

「ふーん」

燐は雨夜からチラシを受け取ると、ざっと内容に目を通す。

「でも部活動の話題はうちでほとんどしないし、僕も、みんながどれほどのレベルかは……。中学のとき、兄さんが急にボイスレッスンを始めて驚いたけど、あれはアカペラ部設立よりずっと前で関係ないだろうし……」

燐から返してもらったチラシをポケットにしまいながら、雨夜が壱を振り返った。

「壱は何か聞いてる？　舞斗さん、幼稚園《ようちえん》の頃《ころ》によく歌ってた？」

「ん……」

「いやお前、次、舞斗たちの番だぞ？　それに合わせて来たってのに、いつまでスマホ見てんだよ」

「ゲーム実況主《じっきょう》のゾウさんが、今日新作アップってSNSでお知らせ上がってたんだよね。だから気になって……」

（でもまだ上がってない……）

「好きだね、壱は」

「うん」

「それで？　僕の質問、聞こえてはいたよね？」

優《やさ》しく問いかけられて、壱はこくりと頷く。

目はずっとスマホに向けていたが、二人の会話はちゃんと聞いていた。

「舞斗、歌上手だったよ。幼稚園の、ピアノ担当の先生が褒《ほ》めてたの覚えてる」

みんなの前で褒められて嬉《うれ》しそうに胸を張る舞斗の姿を思い出すと微笑《ほほえ》ましくて、壱は柔《やわ》らかく両目を細めた。

「変な癖《くせ》もなくて声も大きかったし——ていうか、舞斗はなんでも上手。縄跳《なわと》びは誰よりも長く跳べたし、庭園で三輪車漕《こ》ぐのも速かった。先生に、危ないって怒《おこ》られるまでがワンセットだったけど」

「らしいね」

先生に怒られている舞斗を想像したのだろう。あはっ、と雨夜が笑う。

舞斗の話は雨夜に何度かしているので、想像しやすかったらしい。

そのときだった。

「きゃー！　明《あきら》くーん！」

女の子の甲高《かんだか》い声が聞こえたと思ったら、周囲がいきなりざわつき始めて、壱は目を瞬《しばたた》いた。

(何?)

「おっ、舞斗たちステージに上がったぞ」

燐の弾《はず》んだ声につられて顔を向ければ、野外ステージへの階段を上る六人の背中が見えた。みんな高校の制服を着ているが、着こなし方がそれぞれ違う。

(あ。あのパーカーは舞斗だ)

たとえ後ろ姿でも、幼馴染の姿を見間違《みまち》えるはずはない。

「壱。スマホ、さすがにしまおうか」

「……ん」

(ゾウさんの新作、いつ上がるんだろ)

残念な気持ちで、壱はスマホをポケットへ入れた。

「それではただいまより、第二部を開始いたします」

——正直、このときの壱の興味は、舞斗たちよりゾウさんの上げる新しい実況動画に比重が傾《かたむ》いていた。燐と雨夜に誘《さそ》われたし、幼馴染がどんな活動をしているのかが気になったから一緒《いっしょ》に来た、それだけだ。

だから司会者の声でワッと盛り上がる観客にどこか不思議な気持ちだった——の、だが。

「トップバッターは私立奏ヶ坂中学高等学校アカペラ部のみなさんで、『Think About U』

「──」

ステージの上に立つ六人が、マイクを構えて、すうっと息を吸う。歌が始まり、六人の声が重なる。

「──！」

その瞬間《しゅんかん》、壱は彼らから目が離せなくなった。

「本日はお越《こ》しいただき誠《まこと》にありがとうございました。これにて、ライブは終了《しゅうりょう》です」

司会者の声を聞きながら、壱たちは野外ステージをあとにする。

三人は歩きながら、無言だった。

その表情から全員が、先ほどのアカペラに圧倒《あっとう》されていたことが分かる。

現に、

「おい、マジか……」

と、不意に呟いた燐の声は、興奮を隠《かく》しきれないそれだった。

「アカペラがどんなもんかは知ってたけど、生の迫力半端《はくりょくはんぱ》ねえっつーか、舞斗たちがすごくねえ!?　プロじゃんプロ！　他の参加グループと段違《だんち》いだったぞ!?」

一つ言葉を発したら止まらなくなったらしく、燐は勢いよく壱と雨夜に言う。

対して雨夜は、頬《ほお》を軽く紅潮させながら、ほう……と息を吐《つ》いた。

「うん。すごかった。朝晴兄さんが、ここまで本格的にアカペラをやってたなんて……」

雨夜も自分と同じように高揚《こうよう》しているると知って嬉しくなったのか、燐は壱にも振り返る。

「なあ、壱も――」

「…………」

「壱？　おい、呆《ほう》けてどうしたよ」

立ち止まった燐は、俯《うつむ》いて黙《だま》り込んだままの壱の顔を覗き込む。

「……す」

「す？」

雨夜が聞き返してくる。

壱はガバッ、と勢いよく顔を上げた。

「すっ……ごかった！　僕、まだ鳥肌《とりはだ》立ってる！」

瞳《ひとみ》を輝《かがや》かせながら、壱は見せつけるように、袖捲《そでまく》りをした腕を二人の前へ突《つ》き出《だ》す。

壱のそんな興奮した姿は珍《めずら》しく、燐と雨夜は目を丸くしていた。というより、中学からの付き合いである二人でさえ、ここまで高揚する壱を見るのは初めてだった。

「伴奏《ばんそう》もないのに、声だけであんな風に歌えるんだ……！」

(思い出すだけで、こんなに心臓がドキドキして、うわーって叫《さけ》びたいような、走り出したいような気分になって……)

ステージの上に立っていた舞斗たちが眩《まぶ》しかった。楽しそうだった。羨《うらや》ましかった。

「ねえ雨夜」

キラキラした顔で、壱は雨夜に体ごと向き直る。

「僕も歌ってみたい！」

「ええっ？」

「めちゃくちゃ同意！」

目を丸くしていた雨夜は、燐までもが拳《こぶし》を握《にぎ》り込んで叫んだものだから、ますます「え？　え？」と困惑《こんわく》する。

「舞斗たちぐらい歌えたら、すげえ気持ちよさそうだよなっ」

「うんうん！」

「さすがに、いきなりは無理じゃないかな。練習があっての、あの歌声だしね」

「じゃあ練習する。放課後、僕は時間あるし」

「俺も、バイトない日なら付き合えるぜ」

「……二人とも本気？」

「本気」

控《ひか》えめに尋《たず》ねてくる雨夜へ、壱は間髪容《かんはつい》れず返した。

「燐と雨夜と楽しいことしたい」

壱の脳裏《のうり》に、ステージに立つ自分たちが浮《う》かぶ。舞斗たちのように息を、声を揃《そろ》えて、青空に歌を響《ひび》かせる姿。想像でしかないけれど、きっとそれは、今までにないほど楽しいに違いないのだ。そんな確信があった。

壱の勢いに呑《の》まれて思わず口を閉じた雨夜の横で、「だよな」と燐が親指を立てる。

「つっても、どこで練習する？　毎回カラオケボックスじゃ金かかるし、公園でってのも、人目が気になりそうだしなあ……」

顎《あご》に指を添《そ》え、壱は燐への回答を探す。

「……部活にすれば？」

「おっ、いいなそれ！　空いてる部室も、音楽室も借りられるぞ」

次々に想像が現実味を帯びていって、壱はワクワクと胸を高鳴らせた。

盛り上がる壱と燐へ、おずおずと雨夜が片手を上げる。

「あのね？　何度も水を差すのも申しわけないいんだけど、部活を新設するにはまず五人以上集めないと……」

「なら、明日から部員集める。チラシ作って、掲示板《けいじばん》に貼《は》るとかしてみる」

「んじゃ、どっかで飯でも食いながら話し合うとするかっ」

「ん」

急《せ》く気持ちを抑《おさ》えきれなくて駆《か》け出す壱だったが、すぐに燐に肩《かた》を摑んで止められた。

「だからそっちじゃねえっつーの」

「あれ？」

「たくっ。走りたくなる気持ちは分かるけどな」

燐はそう言って笑うと、後ろを振り返る。

壱も同じように見てみれば、雨夜はまだ立ち止まっていた。

「雨夜ー？　ごはーん」

「置いてきゃしねーけど、早く来いよっ」

「うん、今行く！」

駆け寄ってきた雨夜と共に、改めて三人で歩き出したのだった。


その後、三人がやって来たのは燐がバイトをしているファミレスだった。

「で？　お前らの食いたいもんは？」

燐が、隣に座っている壱と、向かいの雨夜に尋ねた。

「味噌《みそ》味の何か」

「説明が雑過ぎんだろ！」

壱が答えれば、即座《そくざ》に燐のツッコミが返ってくる。

「僕は、マグレ・ド・カナールのエストラゴンソースとアプリコットのキャラメリゼ」

（まぐれ、ど？　かな……？）

覚えきれずに壱は首を傾げ、燐も「なんだそれ⁉」と眉《まゆ》を顰《ひそ》めている。

「端的《たんてき》に言うなら、鴨肉《かもにく》を焼いてりんごを添えたものかな」

「へー」

「初めから端的に言っとけ……！　つかほんっと、お前らは毎回毎回めんどくせえな⁉　まとめるこっちの身にもなれ！」

「……食べたいものを聞かれたから答えたのに、なんで怒られてんの？」

「うーん……なんでかな。僕たち、昔から食べたいものの意見は一致《いっち》しないよね」

そんな話をしながら、雨夜が再度「うーん」と唸《うな》る。

「どうしようかな。国産牛フィレ肉のポワレとかってある？」

「ここをどこだと思ってんだよ、ねえぞ」

首を傾げる雨夜に、燐は呆れたような表情で頬杖《ほおづえ》をついた。

「というか、前からよく来てるんだから、ないことくれえ分かってるだろ！」

「何回も通ったら常連になれて、シェフが特別に裏メニューを出してくれるサービスとかは……」

「うん、前から思ってたけど雨夜はファミレスの概念《がいねん》を理解してねえな!? このお坊《ぼっ》ちゃんが!」

ちなみに、このお坊ちゃんという呼び方はあながち間違《まちが》いでもない。

雨夜——つまり宗円寺家は、大地主であり、多くの著名人や国会議員を輩出《はいしゅつ》してきた、由緒《ゆいしょ》ある家系なのだ。

「りーんー。コント終わった? 味噌味のメニュー教えて」

「え? えっと……鯖《さば》味噌定食だろ、味噌煮《にこ》込みうどんだろ、茄子《なす》の味噌炒《いた》めは壱はダメか……」

「うん。茄子嫌《きら》い」

「……っておい! そこにメニューあるだろ!? 自分で見て探せ!」

「えーだって、ここ燐のバイト先じゃん。燐に聞いた方が早いかなって」

実際、さらさらと答えてくれたので助かった。

「うーん、ファミレスって和洋中、どれも選べるから迷うよね。燐のお勧《すす》めメニューとかあったら、僕はそれを頼《たの》むよ」

「燐の気まぐれメニューを一丁!」

壱がビシッと人差し指を立てれば、燐に爪《つめ》の先で弾《はじ》かれた。

「俺はシェフじゃねえ! し、ここは寿司《すし》屋でも居酒屋でもねえ!」

なんて、ツッコミをひとしきり入れたあと、ハア、と燐は息を吐く。溜《た》め息《いき》というより、観念した、という感じだ。

「壱は味噌煮込みうどん、雨夜は限定メニューの若鶏《わかどり》のクリーム煮《に》がお勧めだから、それでも食べとけ！　ほら、注文すんぞ！」

店員を呼ぶ燐に、「はーい」と壱と雨夜は声を揃えた。

燐は先ほど決めた壱と雨夜のメニューに加えて、自分用にハンバーグと、ドリンクバーを三人分注文する。

「燐、僕オレンジジュース」

「お前、たまには自分で取りに行けよ」

「分かった」

「いや、やっぱいい。どうせそのまま席分かんなくなって帰ってこられなくなるのがオチだ。雨夜はどうする？」

「僕も行くよ」

「いいって。二つも三つも変わんねえし。あとお前に頼んだら機械壊《こわ》しそうだからな」

「こ、壊さないよ」

「雨夜はドリンクバーに慣れてないから、いっつもコップ置くところとジュースの出てくるところ間違えるもんね」

真剣《しんけん》な顔でボタンを押すのに、ジュースが見当違《けんとうちが》いなところから出てきて驚いている雨夜を見るのは、面白《おもしろ》いやら和《なご》むやら。

「つーわけで待ってろ。雨夜、特にねえなら俺が勝手に決めるぞ」

「うん、大丈夫《だいじょうぶ》。あ、氷はなしで」

「へいへい」

ドリンクバーへ向かう燐を、壱と雨夜は見送る。

「氷、いつも抜くね」

「体が冷えるのが嫌《いや》なんだ」

「そっかあ。それで、雨夜はどうする？」

「どうするって？」

「アカペラ部のこと」

訊《き》けば、「ああ」と雨夜は相槌《あいづち》を打った。

「僕もやるよ、アカペラ」

さらっと答えられて、壱はきょとんとなった。しかしすぐに笑顔《えがお》になる。

「お待たせ。雨夜のはアイスティーにしたけどそれでよかったか？　……って、どうしたんだよ、壱。嬉しそうだな」

「雨夜、アカペラ一緒にやるって！」

「おっ、まじか！　そうこなくっちゃな！」

「ふふっ、思ったんだよね。壱が、ゾウさんの新作動画のことを忘れるくらい夢中になってるのを見るなんて初めてだったから」

ソファーへ座り直した燐からドリンクを受け取る雨夜の言葉に、壱は目を瞬かせる。ゾウさんのことがすっかり頭から抜けていたと、今さらながら気づいたのだった。

「燐も、変なこと言ってるなって思ったら、基本的に壱を止めるでしょ？　でも今回はそうしなかった。それって、いいって判断したってことだよね」

「判断っつーか、オレもやりてーってだけだけど……」

「何より僕も、二人と一緒に楽しいことがしたいから」

「ん。僕も」

頷いて、壱はオレンジジュースを飲んだ。

アカペラをしたいと思った。でもそこには燐も、そして雨夜もいないと、壱は嫌なのだ。食べたいものの意見は全く一致しないけれど、一緒にいて楽しいと思う気持ちも、楽しみたいと思う気持ちも、本物だ。むしろバラバラな価値観を持っている三人だからこそ、パズルのピースのように上手《うま》くハマっているのかもしれない。

「でもやることはいっぱいあるからね。それだけは覚悟《かくご》しておいて」

「もちろん！」

「やるってなったら、具体的に何をしたらいいんだ？」

「そうだね、まずは明日の朝一で、部の申請書《しんせい》をもらって、それからチラシを刷るためのコピー機と掲示板の使用許可かな。あとは……」

「……すごい、雨夜。もうそこまで考えてたんだ」

「ゴールが見えたら、そこにどう向かえばいいか道順を組み立てるだけだから」

簡単に言うが、それができれば苦労しない。少なくとも、壱にはできない芸当だ。

「よかった。僕、雨夜がいなかったらアカペラ部作れなかったよ」

「ああ。俺もそう思う」

「あはは、ありがとう」

尊敬の目を向けられて、恐縮《きょうしゅく》しつつも雨夜は微笑み、アイスティーに口をつけた。

「さて、僕たち、明日から忙《いそが》しくなりそうだね。部活なんて初めての経験だから……。さっきはああ言ったけど、楽しみになってきちゃった」

「雨夜は中学の頃は、随分《ずいぶん》と習い事で忙しかったもんな……塾《じゅく》にピアノに華道《かどう》に英会話に水泳に……」

燐が指折り数える。

隣で聞きながら、改めてすごいなあと壱も思った。

それだけ習い事をしていたら、遊ぶどころか、休む時間や睡眠《すいみん》時間までないのでは。

けれど雨夜が疲《つか》れた顔をしているところなんて、ほとんど見たことがない気がする。

「でも、いいのか？　今も忙しさは変わりないんじゃねえの？」

「中学時代は不器用だっただけで、今はだいぶ時間の使い方を覚えてきたから。家の手伝いは兄さんが主体となって動いてくれているし……なんなら最近は、独学でフランス語を勉強し始めたくらいだよ」

「フランス語？」

初耳で、壱は思わず聞き返してしまった。燐も同じらしく、「マジかよ」とぽかんとしている。

「前から思ってたけど、雨夜は勉強熱心ですごいよね。雨夜のそういうところ、尊敬」

再度、「すごいなあ」と呟けば、燐に肘《ひじ》でつつかれた。

「壱は逆にもっと真面目に勉強しろ」

「そうだね……」

さらには雨夜にまでそんなことを言われてしまい、壱はなんとも言えない顔をする。

「先生方も嘆《なげ》いていたよ。あいつほど『明日から本気出す』を発動してほしい生徒はいない、って。アカペラ部を作りたいとなったら、先生たちに勉強もちゃんと頑張《がんば》りますって姿勢も見せていかないとだろうし……」

「地頭は悪くないんだから。本気出せ、な？」

「出すよ。明日から。たぶん、そこはかとなく、あるいは」

「やる気ねえだろ！」

その通りなので、壱はぷいと横を向いた。

壱の子どものような反応に、燐は肩を落とし、雨夜は苦笑する。だがすぐに雨夜は微《び》笑《しょう》と共に燐の方へ向いた。

「燐は逆に先生に褒められてたよ」

雨夜の発言が予想外だったのだろう。「へ？」と燐が漏《も》らす。

「あいつは、見た目こそこわもてだが、真面目だしノートも綺《き》麗《れい》だし、意外と几《き》帳《ちょう》面《めん》でしっかりしてるんだよな……って」

「いや普《ふ》通《つう》だし……」

燐は雨夜から視線を外すと、コップに口をつけた。中に入っているのはコーラだ。

「見た目と差があるってだけだろ……それって差別じゃねえ？」

それから不《ふ》機《き》嫌《げん》そうに呟く。

これだけ見ると、燐はまるで怒っているようだ。

その横顔を、壱はじっ、と見つめる。

「燐は僕たち以外の人に褒められると、よくうるさそうにするよね。なんで？」

「壱、それは多分、照れ隠しってやつじゃないかな。本当はすごく嬉しいんだと思うよ」

「……っるせえ！」

なるほど、と壱が頷けば、燐が怒鳴《どな》る。だがそこに威嚇《いかく》の色はない。

雨夜の言う通り照れているだけというのが伝わってきて、壱はつい笑ってしまった。

にこにこしている壱と雨夜に、燐は何か言いたげだが、上手く言葉が出てこなかったのだろう。何度か口をぱくぱくさせるも、結局何も言わない。

そのとき店員の「お待たせしました」の声と共に、頼んでいた料理が運ばれてきた。

「ほら、料理来たぞ！　黙ってちゃきちゃき食う！」

耳を赤くしている燐に、壱と雨夜は「はーい」と答えた。

（明日から……楽しみだな）

この三人で始める新しい日常を想像して、壱は頬を緩《ゆる》ませるのだった。


翌日、壱は燐と雨夜と共に、早速《さっそく》アカペラ部発足《ほっそく》に向けて動き出した——のだが。

「ハア……」

溜め息を吐きながら、壱と燐は肩を並べて、放課後の教室に足を踏《ふ》み入《い》れた。

ほとんどの生徒は帰宅や部活のためにおらず、壱と燐を出迎《でむか》えたのは雨夜だけだ。

「壱、燐、お帰り。三年生はどうだった？」

雨夜に訊かれて、壱と燐は顔を見合わせる。

そして同時に、首を横に振った。

「全滅《ぜんめつ》！」

「これから部活を引退する時期なのに、入部はないってさ」

まずは部員集めだと、今日一日かけて三年生のAからE組までを回って聞いてみたが、全員からそう断られてしまったのだった。

「まあ……そうだよね」

「もしかして雨夜、気づいていたの？」

「気づいてたっていうか……可能性は低いだろうなあ、とは」

「だったら言ってくれたらよかったのに」

「万が一ってこともあるし……それに、二人が三年生に声をかけに行ってくれたからこそ、僕は僕で動けたんだよ」

「そっちはどうだったんだ？　雨夜」

燐に訊かれて、雨夜は緩く首を横に振る。

「僕も今日一日、同級生と、話したことのある一年生に声をかけ続けたけど断られちゃった。部活に入ってる子は一つで手一杯《ていっぱい》だって言うし、帰宅部の子たちも理由《わけ》あって部活に入ってないからね」

「あー、むしろここに帰宅部三人が固まってたってのが珍しい話なのか」

ともかく、四月半ばを過ぎた今では、新しい部員を見つけるのは至難の業《わざ》だろう。

「部活にすんのは諦《あきら》めるか？」

「やだ」

壱の脳裏に、自分と、燐と雨夜の歌う姿が浮かぶ。まだ存在しない部員の影《かげ》も。

昨日はおぼろげだったイメージが、一晩経《た》ったことで、壱の中で固まってしまっていた。

だからこそ妥協《だきょう》はできないし、したくない。

「僕、もう一回チラシを配って……」

そのときだった。

どこからか声が——歌が、聞こえてきた。

カーテンをすり抜けて、微《かす》かにだが、風に乗って運ばれてきている。

その声が鼓膜《こまく》を震《ふる》わせると同時に、壱の頭の中で、想像の部員が色を持ち始めた。ぼんやりとした影が、一人の男の子を象《かたど》っていく。その顔はまだ分からないけれど……。

(この声と一緒に、歌いたい)

そう、強く思った。

「この声、窓の下から……？」

「壱？　声ってなんだよ」

「探してくる」

燐と雨夜の呼び止める声が背に聞こえるのも構わず、壱は勢いよく教室を飛び出した。


中庭に、その声の主はいた。

まず壱の視界に映ったのは小柄《こがら》な背中だ。

歌に合わせて箒《ほうき》で地面を掃《は》く姿は、さながらミュージカル映画を観ているようだ。

（知らない子……？）

制服に白と水色のパーカーを合わせている子を、壱は見たことがなかった。

壱たちの通う都立音和《おとわ》高校は文武両道を目指すというよりも、個々の能力や特技を認め、育てる教育方針だ。そのためか校則も緩く、制服のアレンジが公認《こうにん》されている。燐のようにアクセサリーを着けていても問題にされない。

「これでよし、ですね」

彼のふわふわの髪《かみ》が風になびく。掃き残しがないかと地面を見下ろす目はぱっちりとしていて、まつ毛が長い。

（天使みたい。……あ。水色と白の服なのは、空の色だからかも。空から来た天使）

なんて、そんなことを思ってしまうほど、可愛《かわい》らしい印象の子だった。

けれど彼の唇《くちびる》から紡《つむ》がれる歌は、澄《す》んでいて、それでいて小柄な体に似合わず凛《りん》としていて――。

「見つけた」

「うひゃあああ!?」

近寄って声をかければ、ビクッ、と小さな肩が跳《は》ねた。

彼は自分の出した声にも驚いたらしい。慌《あわ》てたように振り返って、壱の姿を瞳に映すと頭を下げる。

「す、すみません、大声出して！　背後から急に声かけられて、お、驚いて……！」

「今、歌ってたよね。あと君誰。部活は」

「え？」

「歌ってた？　名前は？　部活は？」

早く彼のことを知りたいという気持ちでいっぱいで、つい矢継《やつ》ぎ早《ばや》に質問を投げかけてしまう。

彼は壱の勢いに呑まれて瞬《まばた》きを繰《く》り返していたが、すぐに壱が先輩《せんぱい》だと気づいたらしい。

「あ、は、はいっ！　掃除《そうじ》しながら歌ってました！　一年C組、雁屋園道貴《かりやぞのみちたか》、帰宅部です！」

「ん。じゃあ、行こう」

壱は、むんずと彼――雁屋園道貴の腕を掴んだ。そのまま歩き出す。

「ちょっ、あ、あああの!?　いきなり腕を引っ張られても！　先輩だと思うのですが、できれば状況《じょうきょう》説明をいただければ幸いです！」

困惑したように声を張り上げた道貴をちらりと振り返りながら、壱は唇を開く。

「鈴宮壱。二年。アカペラ部作りたいんだ。でも人数足りない。君の歌声、すごく良かった」

お世辞ではなく、心の底からの言葉だった。

それが道貴にも伝わったのだろうか。

「あ、ありがとうございます！」

道貴が、パァッと表情を綻《ほころ》ばせた。

「ボク、小学校まで聖歌隊に入ってたので……。えっとでも、部活に入る気は……」

「なんで？」

「な、なんでって……」

壱は足を止めると、しっかりと道貴に向き直った。

不思議そうに自分を見上げる道貴と、さっき楽しそうに歌っていた彼の姿が重なる。

「そこで歌ってる姿、かっこよかった。きらきらしてた」

そう伝えると、道貴の目が大きく見開かれる。まるで、壱の言葉が信じられない、とでもいうように。

「歌ってるときの横顔とか僕、好きだよ。そういう君を、みんなに見せたい」

「……かっこいい、ですか？　可愛いじゃなくて……？」

「可愛いよ。天使かと思ったよ。でもかっこもよくて、可愛いだけじゃなかった」

「ボクが、かっこいい……」

道貴は噛《か》み締《し》めるように呟いた。初めは、驚きと困惑を混ぜたような表情だった。しかし次第《しだい》に、その頬が緩む。

一体何が彼をそこまで喜ばせたのか壱には分からなかったが、そんな彼を見ていると、自分もなんだか嬉しくなってくる。

「ん。だから――」

改めて、道貴をアカペラ部へ誘おうとした。

だが。

「ルカ君は茶道《さどう》部がぴったりなの！　お茶を点《た》てる姿、想像してみなさいよ！」

そんな女子生徒の声が、壱の言葉を遮《さえぎ》った。

壱と道貴は咄嗟《とっさ》に、声の聞こえてきた方角を見る。

「いーや！　四方《しほう》の背の高さと運動能力を見て、バスケ部だ！」

女子生徒と男子生徒が何やら言い争っている。

その間に挟《はさ》まれた男子生徒はおろおろしており、どうやら言い争っている彼らを宥《なだ》めているようだった。

「……何あれ。なんであの人、囲まれてんの？」

「ルカ君ですね。四方ルカ君。ボクと同じ一年生で、あのビジュアルと温和な性格とで、入学してすぐから人気者です」

道貴の言う通り、彼――四方ルカはモデルと言われても納得《なっとく》してしまうほど、整った容姿をしていた。優しそうな面差《おもざ》しやすらりとした体形、太陽光にキラキラと照らされる金《きん》髪《ぱつ》は、まるで童話に出てくる王子様だ。

「彼も帰宅部で、優秀《ゆうしゅう》な人材が欲《ほ》しい部活はああして勧誘《かんゆう》を——」

帰宅部、という言葉に、壱の肩がぴくりと反応する。

「あの——」

（あ）

さらに微かながらも聞こえてきたルカの声に、壱は思わず彼を見つめる。

（ほしい）

耳の奥に、自分たちが五人で歌う声が重なって響いてくる。

同時に、今は控えめな彼の声が、堂々とステージで歌っているのを聴いてみたくなった。

しかもあの様子だと、勧誘を断ろうとしているようだ。というより、困っているように見える。

そう思ったら、壱の体は動いていた。

「行ってくる」

「行くって——壱先輩!?」

ずっと摑《つか》んだままだった道貫の腕《うで》から手を放し、壱は早足でルカの下へ向かった。

ルカへの勧誘はどんどんヒートアップしているらしく、すぐ傍《そば》まで壱が近づいても、誰も気にも留めようとしなかった。

「茶道部は、毎回おやつ付きよ！」

「それ、茶道用の和菓子《わがし》だろ⁉」

「オレのことで喧嘩《けんか》はしないで？　話もちゃんと聞くから——」

そんなやり取りをしているルカの二の腕を、壱は掴んだ。

「もう一人見つけた」

いきなり横から現れた壱に、ルカだけでなく、言い争っていた生徒たちもぽかんとする。

「あの⁉　なんでオレ、腕掴まれてるのかな⁉」

困ったように、ルカは壱の手を指差す。無理やり振り払《はら》ったりしない時点で、彼の優しい性格が伝わってきた。

(やっぱり、いい声)

そんな彼だからこそ、アカペラ部に誘いたい気持ちが強くなる。

けれどそれ以上に——。

「君、囲まれるの苦手でしょ。だから」

この状況を、どうにかしてあげたいと思った。

「え？　っと……」

ルカが目を泳がせる。話についていけていないのか、それとも、図星なのか。

「鈴宮、待てよ！　俺たち、まだ話してて……！」

男子生徒が慌てたように言ってくる。

よく見れば彼は、前に同じクラスだった子だ。女子生徒も、一緒にいる他の人たちも、顔を見たことがある。つまりルカは、二年生《先輩》に囲まれていたということだ。

確かにそれでは困ってしまうのも無理はないだろう。しかもあまり強く出られないタイプなのであれば、なおさらである。

「え……」

「囲まれて困ってたじゃん。でもみんなに悪いからって、逃《に》げないでくれてた」

どうやら二人は勧誘に必死なあまり、ルカの本心に気づいていなかったらしい。

「あと君……ルカだっけ」

「あ、はい……」

「遠慮《えんりょ》してたら伝わらないよ。言いたいことは、ちゃんと言わないと」

二人がルカの本心に気づかなかったのは、ルカが曖昧《あいまい》な態度をとっていたせいだ。もちろん、二人を怒らせたり傷つけたりしないようにと気を遣《つか》った結果だとは理解できるが。

「あ……うん、はい……」

壱が手を放すと、ルカは目を伏《ふ》せた。

「……その、みんなごめんね？」

それから彼はゆっくりと顔を上げる。

「新入部員を増やしたくてオレに一生懸命《いっしょうけんめい》になってくれたの、すごく嬉しかったよ。ただ、本当に心苦しいんだけど、茶道とバスケをやりたいかと聞かれたら……」

遠回しな言い方ながらも、入部しない、という意思表示だった。

そしてそれは、しっかりと二人にも伝わったようだ。

「こっちこそ、ルカ君の気持ちを無視してごめんなさい……」

「謝らないで？　そうだ、今度お茶を点ててもらってもいいかな。部活には入れないけど、茶道の良さを教えてくれたら嬉しいよ。バスケ部も、試合の応援《おうえん》に行ってもいい？　交流試合、そろそろ始まるよね」

「知ってくれたのかよ……」

「うん。みんなすごく一生懸命で、素敵《すてき》だなって見てた」

そう言ってルカが微笑むと、男子生徒と女子生徒も嬉しそうな顔をした。

「お前、ほんといい奴《やつ》……！　今度、試合の日程教えるよ！　絶対来てくれよなっ」

「私も、部員のみんなに伝えてくる！」

断られたことで勧誘への諦めはついたらしい。彼らは「じゃあ」と去っていった。

「よかった。悪い気持ちにさせなくてすんで……」

「あと一押《ひとお》ししたら入ってくれるかも、って思ってたのかも。ちゃんと断ったから、みんな納得できたんだと思う」

「そっか、オレの態度が曖昧だったから……」

反省を始めようとしたルカは、しかしそこで、まだ壱にお礼を言っていなかったと気づいたようだ。

「助けてくれて、ありがとう。先輩は、鈴宮……」

「鈴宮壱。部活、入りたくないんだ？」

自己紹介《しょうかい》ついでに、気になっていたことを尋ねる。

もし部活動そのものに興味がないのであれば、壱がアカペラ部に誘っても意味がない。むしろまたルカを困らせることになるだろう。

「あ、えっと……楽しそうだし気にはなっても、まだ入りたい部活が見つからないっていうか……」

けれどルカの返事は、壱の望んでいたものそのものだった。

「なんだ、入る気はあるんだ。じゃあそれ、アカペラ部にしてよ」

「え？」

「ていっても設立前で、入部確定してるのは僕と燐と雨夜。で、さっき捕《つか》まえたのが――」

壱が周囲を見回すと、

「あ、あのぉ……お話、終わりましたか？」

律儀《りちぎ》に待っていてくれたらしい道貴が、離れたところから姿を現した。

「この道貴」

「道貴くんも、アカペラ部に誘われてたの？　部活勧誘時期、キミも誘いから逃げてたのに、話を聞く気に？」

どうやら一年生同士、元々顔見知りだったらしい。

壱の隣に立った道貴は「はい！」と元気よく頷く。

「歌う姿がかっこいいって……だから、まずは話だけでも。可愛いしか言われないボクなので、初めての褒め言葉で、本当かなって……」

瞳を輝かせる道貴を見て、彼が話を聞く気になった理由がそうだったのだと、壱はそこで初めて知った。

「先輩には、こんな理由で申しわけないですが……」

「何かを始めるきっかけなんて、なんでもいいよ。きっかけはあくまできっかけで、始めるか始めないかも本人次第だし」

壱だって、昨日アカペラを始めようと決めたばかりなのだ。

「だから、ルカも話聞いてって。うちは人数少ないし、部員になればいきなり大勢に囲まれないいんじゃないかな。で、慣れていけばいいよ。入部してくれたお礼に、自信つけるの手伝う」

壱が言えば、ルカは驚いたように目を丸くした。

「なんで、オレが自分に自信ないって……。そんなにおどおどしてたかな……」

後半は壱にというより、自分に言っているかのようだった。

「これでも、だいぶマシに――」

「うん、一旦《いったん》そこまでにしようか」

疑問が尽《つ》きないらしいルカを遮ったのは、苦笑気味の雨夜の声。

雨夜と燐が、肩を並べてやって来ていた。

「お前なあ……！　興味の対象見つけてもいきなり走り出すなって、何度言わせる！　雨夜から、ぎゅうぎゅうに絞《しぼ》られろ！」

「やだよ」

逃げられないよう燐に肩を掴まれた壱は、大人しくされるがままだ。ただしそっぽを向いている様子から、燐のお小言を気にしていないのが分かる。

「あとよろしく」

さらに壱は、のんびりした口調で雨夜に言った。

「はいはい。二人とも、突然《とつぜん》ごめんね。そこでやり取りは聞かせてもらってたけど、壱、基本、自分の中で完結してる物言いするから言葉足らずだったでしょう？」

どうやら燐と雨夜も近くで、話しかけるタイミングを窺《うかが》っていたらしい。

「いえ、そんなこと……！　むしろ余計な言葉がないからこそ、分かりやすかったです！」

「オレも、壱先輩がはっきり言ってくれなかったら、あそこまでちゃんと答えられなかったかな」

道貴とルカの発言に、燐が「おっ」と驚いたような声を上げる。

「マジか。初見でこいつを理解できるとか、お前ら見込《みこ》みあんなあ……。壱も、それで勧誘したのかよ」

「二人が気になっただけ」

壱が二人に声をかけたのは、直感、それだけだ。

「壱の琴線《きんせん》に触《ふ》れる何かがあったんだね。なら、僕も反対はしないかな」

雨夜は、改まった様子で道貴とルカに微笑んだ。

「ねえ、二人とも。アカペラ部、一緒に作らない？」

「俺らも初めてで分かんねえことだらけだけど……ま、退屈《たいくつ》はしないんじゃねえか？」

雨夜と燐に言われて、道貴とルカが顔を見合わせる。すぐに答えないのは、まだ悩《なや》んでいるからだろう。

けれど二人の瞳が揺れているのを、壱は見逃《みのが》さない。悩んでいるのではない。きっと二人は、背中を押されるのを待っているのだ。

だから壱は一歩前に足を踏み出した。道貴とルカを見つめる。

「楽しませてあげるよ。誘ったのは僕だし」

「先輩……」

壱を見つめ返すルカの服の裾《すそ》を、道貴が軽く引っ張った。

「あの、ルカ君。一緒にどうですか？」

「決めたの？」

「はいっ。これはボクの勘《かん》ですが、先輩たちとなら新しい自分、見つけられそうです！」

にこにこしている道貴を見て、ふ、とルカも唇の端《はし》を緩めた。

「奇遇《きぐう》だね、オレも同じこと思ったよ」

道貴に答えたルカは、壱たちに頭を下げる。

「先輩、これからよろしくお願いします」

そんなルカを見て、道貴も慌てたようにお辞儀《じぎ》をした。

「ん」

「あー、こんな返事だけど、こいつ今、すげえ喜んでるからな？　あと自己紹介まだだったな。俺は丹波燐。これからよろしくな」

「僕は宗円寺雨夜。一緒に、少しずつ成長していけるといいね」

「「はい！」」

道貴とルカの返事に、壱は嬉しそうに頷く。

「ずっとここで立ち話もなんだし、一度移動しようか。これからのことも説明しなきゃだし」

雨夜の提案で、五人は中庭をあとにしたのだった。


壱たちの教室で、五人は円の形で椅子《いす》に座っていた。

「――というわけで、部の申請書と入部届を出したら、アカペラ部として始動できるよ」

そう雨夜が、簡単に今のアカペラ部（仮）について道貴とルカに説明する。

「じゃあ今から申請書と入部届出そう」

「待って、壱。入部届は親にハンコを押してもらわなきゃいけないから、提出は早くて明日だよ。それに、僕たちがアカペラ部としてやっていくうえで大事な話がまだ残ってる」

「大事な話？」

「うん。部といったら、決めることがあるよね？」

「うーん……？」

首を傾げる壱の横で「あ」とルカが呟いた。

「ルカ、何のことか分かったの？」

「えっと、多分だけど……部長？」

おずおずとルカが言えば、壱と燐、道貴が「ああ！」と声を上げた。

対して雨夜は「うん」と頷いている。

「というわけで、部の申請をするために部長を決めたいところ……なんだけど」

雨夜にしては歯切れの悪い言い方だ。

「なんだけど？」

「どうした、雨夜」

壱と燐が聞き返せば、雨夜は悩むように顎を親指と人差し指で挟んだ。

「僕と壱、燐はともかく……雁屋園さんと四方さんとは、お互《たが》いをまだ知らないでしょ？

その状態で部長を決める話し合いっていうのも難しいかなって。かといって僕ら三人で決めるのもフェアじゃないし……」

真面目な雨夜らしい悩み方だった。

「あ、あの」

そんな雨夜へ、道貫が片手を挙げて進言する。

「ボク、アカペラは初心者ですし、それにまだ一年生なので、基本的にはみなさんについていこうと思ってました。なので部長も、三人で決めてもらえればそれで構わないです」

そう話す道貫に同意するように、ルカもうんうんと頷いている。

「でも俺らだって初心者だぞ？　それに五人で今から始めるっつーのに、三人で決めんのもおかしいだろ。そこはちゃんと話し合った方がよくねえか？」

「う……そ、そうですね……」

シュンと道貫が肩を落とし、ルカに至っては視線が不自然なほど宙に向いている。

燐は真面目に話しているつもりだが、だからこそ口調や表情が硬《かた》く、それが道貫とルカには威圧《いあつ》的に見えているのだろう。

壱が「はい」と手を挙げる。

「じゃあ、指差しで決めようよ」

「指差しで？」

聞き返してきた雨夜に、壱は首を縦に振って応える。

「どんなことを話し合えばいいかとかよく分からないし、それだったら、部長が似合いそうな人をパッと指差す方がいいのかなって。で、一番指差された人が部長」

「多数決……ってことかな？」

「いいんじゃねえか、それ。分かりやすくて」

「二人は、どう？」

「いいと思います！」

「オレも」

壱が道貫とルカに尋ねると、頷いてくれた。

「まあ……全員初心者だし、人数も少ないし、それくらい軽い気持ちで決める方がいいのかもね」

「そうそう」

難しくああだこうだと話し合いをするより、直感に従う方が壱は好きだった。

「それじゃあせーの、で、指差そうか。いくよ、せーの……」

雨夜の声に従って、全員が指先を向ける。

壱は雨夜に。

そしてそれ以外は、壱に。

「なんで!?」

「そりゃ、アカペラ部のことを言い出したのは壱だからな」

「僕も燐と同じ考えで壱がいいなって思ったよ」

「ボクは、アカペラ部に誘ってくれたのが壱先輩だったので……」

「オレも同じく……」

「えー……」

　この結果は壱にとって予想外だった。

「今の流れは絶対雨夜が選ばれる感じだったのに」

「逆に壱は、どうして僕なの？」

「部活にしたいって僕が言ったら、やり方とかすぐ考えてくれたし。今だって雨夜が話進めてくれてたから」

「まあ、そういう意味では雨夜が部長って似合いそうだけどな」

「でしょ？　だったら」

「けど雨夜って家の手伝いやら勉強やらで、何かと忙しいだろ？　そんな中で部長までしてもらうのは申しわけねえんだよな」

　燐に反論できず、壱は「う……」と口ごもった。

「何かあったときすぐに動けるやつの方がよくね？　それ考えると俺もバイトがあって咄

嗟のときに動けねえし、やっぱ壱が適任だな」

「……道貴とかルカは？」

「ボ、ボクたち一年生なので！　それに……ボクは、壱先輩が部長なの、本当にいいと思ってます」

「オレも……何かあったら、壱先輩は助けてくれるだろうなって。そう思ったら心強いなって」

壱は助けを求めるように雨夜を振り返る。

「……雨夜……」

「こ、この状態で部長を引き受けるのは、僕は嫌だよ？」

雨夜は、他人を押しのけてまで何かをするような性格ではない。

「本当にみんな、僕でいいと思ってるの？　僕絶対、練習の日とか打ち合わせの日とか、勘違《かんちが》いするし忘れるよ」

「自信満々に言うんじゃねえ。そこは気をつけますって言うところだろうが」

そう言いつつ、「でもまあ」と燐が続ける。

「それが心配なら……っていうか、正直その可能性もなくはないし、雨夜、副部長してくれねえか？　基本的なことは壱がやって、ときどきそれをサポートって形。どうだ？」

「うん。それなら大丈夫だよ」

頷いた雨夜は、納得できずに唇を尖《とが》らせている壱へ微笑む。

「壱がいいなら、これでアカペラ部の申請が出せるけど、どうかな？」

雨夜に言われて、早くアカペラ部を始めたい気持ちが勝《まさ》り、壱の唇が元の形に戻《もど》った。

「やる」

「じゃあ部の申請書は僕が書いて明日持ってくるね。入部届は各自でよろしく」

(明日から、アカペラ部が始まるんだ)

頷きながら、五人は顔を見合わせる。

その表情から、全員がこれからの日々に胸を躍《おど》らせているのが伝わってきて、壱はますます期待にドキドキするのだった。

第二章　始動！　都立音和高校アカペラ部

アカペラ部が正式に部として認められたことで、壱《はじめ》たちには部室が宛《あて》がわれた。

「うおー、すげえ、部活って感じだな！」

部室に入って、まず声を上げたのは燐《りん》だ。

「僕も部活って初めてだから、なんだかドキドキしてきたよ」

前は他の部用に使われていたのか、置いてある机やロッカー、棚《たな》は年季が入っている。

けれど逆にそれが趣《おもむき》を感じさせて、心なしか壱も気持ちが浮《う》かれていた。

「パイプ椅子《いす》って部室っぽい」

置いてあったパイプ椅子に腰《こし》を下ろし、前後に揺《ゆ》れる。

「なんだそれ……って、壱!?」

笑っていた燐は、勢いよく揺らしすぎて椅子ごと後ろに倒《たお》れそうになる壱を見て、ぎょっとする。

「わ……っ」

成すすべなく倒れるかに見えた壱だったが、慌《あわ》てて駆《か》け寄《よ》った燐と雨夜《さよ》が、間一髪《かんいっぱつ》で両側から支えてくれた。

「ありがと、燐、雨夜」

「壱、椅子を揺らすのは禁止にしようか」

にっこりと笑う雨夜だが、その声も瞳《ひとみ》も穏《おだ》やかではない。

「はーい」

こういうときの雨夜には逆らわない方がいいと知っている壱は、素直《すなお》に頷《うなず》いた。

と、そこで、道貴《みちたか》とルカが所在なげに入り口に立ったままなことに気づく。

「道貴とルカも入ってきなよ？」

「は、はい」

「荷物や上着なんかは、このロッカーに入れる」

「先に誰《だれ》がどこ使うか決めるぞ。どこがいいとか希望あるか？」

「い、いえ。先輩方《せんぱいがた》が先に決めてくれたら……」

燐に話しかけられたルカが、声を引っくり返しながら答える。連絡《れんらく》先を交換《こうかん》してチャットでやり取りはしているが、まだ出会って二日なのだ。緊張《きんちょう》してしまうのも無理はない。

それは道貴も同じらしく、ピシッと姿勢を正している様子から、体に変に力が入っているのが分かった。

「じゃあ道貴とルカはここね」

壱は道貴とルカを手招きして、ロッカーへ誘導《ゆうどう》する。

「はい！」

「ありがとうございます」

「で、僕がここで、燐と雨夜はそこね」

みんなが頷いたのを見て、壱は自分のロッカーを開ける。

「わっ」

途端《とたん》、ザザザザーッと中から雑誌が滑《すべ》り落《お》ちてきた。

「だ、大丈夫《だいじょうぶ》ですか、壱先輩！」

「ん。ありがとう、道貴」

「これは、前の人たちが置いていったものかな？」

ルカが床《ゆか》に散らばった雑誌を覗《のぞ》き込む。どれもスポーツ系の雑誌だった。アカペラ部には必要ないものだろう。

「……まずは、掃除《そうじ》しようか」

そう、雨夜が苦笑《くしょう》した。

掃除を終えた五人は、改めて、部室で練習を行うことにした。

練習場所は、他の部との兼《か》ね合《あ》いもあって日替《ひが》わりだ。空き教室や音楽室を使える日もあれば、どこにも空きがなく、部室を使うことになる日もある。

「それじゃあ早速《さっそく》、練習を始めます」

部長ということで、壱が仕切る。というより、燐にやれと言われたのだ。

しかし。

「……で、練習って何するの？」

椅子に座っている面々を見回しながら、壱は首を傾《かし》げた。

「考えてねえのかよ」

「じゃあ燐、教えて」

「そんなこと言われても、俺だって分かんねえよ」

燐が焦《あせ》り、道貴とルカも顔を見合わせている。全員初心者なのだ。どうすればいいのかすぐには浮かばないのだろう。

「えっと……練習の前に、まずはパート分けがいいんじゃないかな？」

そんな中、そう発言するのは雨夜である。

「パートって？」

「壱、そこから？」

「俺もちょっとよく分かんねえ」

「燐まで。二人とも、調べたりは……？」

雨夜から、壱と燐は顔を背《そむ》けた。二人とも、調べものは得意な方ではないのだ。

「道貴とルカは、パートって分かる？」

話を逸《そ》らすように、壱は道貴とルカへ尋《たず》ねる。

「オレも、あんまり……」

「ボクは聖歌隊に入ってたことがあるので、なんとなく……？　でもアカペラのそれと同じかどうかは分からないです」

「へえ、お前聖歌隊だったのか」

「は、はい、昔の話ですけど……」

初耳だったらしい燐が目を丸くする。そんな燐に、道貴は視線を彷徨《さまよ》わせた。

そういえば壱は話の流れでそのことを聞いていたが、燐や雨夜には説明していなかった。

「うん。だから中庭で歌ってた声も、よく響《ひび》いて聞こえたんだと思う。道貴の歌、すっごく上手だよ」

「へえ」

「そ、そんな……ありがとう、ございます」

謙遜《けんそん》しつつ、照《て》れ隠《かく》しで道貴は笑う。

「五人中三人が知らないってことだから、じゃあ、簡単に説明するね」

雨夜は部室備え付けの黒板の前に移動すると、チョークを手に持った。

「まず、アカペラが何かは分かるね？　本来は楽器を使って伴奏《ばんそう》するところを人の声で表現すること。音楽っていうのは基本的に、メロディ、ハーモニー、リズムの三種類で成り立っているとされている。ということは、アカペラでも同じことが言えるわけだ」

雨夜が黒板に、メロディ、ハーモニー、リズムと書き込んでいく。

「その三つを声で表現するために、主に六つのパートに分かれるんだ。まず、メロディ部分を担当する、リードボーカル。ハーモニーを担当する、コーラス。で、このコーラスは音域によって担当と名前が変わる。女声の高い音域がファースト……トップって呼ばれたりもするかな。それから、女声の中間からやや低めがセカンド、男声の高めから中間くらいがサード、男声の中間くらいから低い声がフォース」

「ファーストセカンドサードなんて、野球みたいだな。でもなんかそれ、音楽の授業で似たようなの言われなかったっけか」

「あ……あの、ソプラノ、とかですかね？　ソプラノ、アルト、テナー、バリトンってあります」

　さすが聖歌隊所属だった道貴だ。燐の疑問に、おずおずとながらも答えてくれる。

「うん、雁屋園《かりやぞの》さんの言う通りだよ、ただアカペラではそういう呼び方をするんだって」

「僕ら男しかいないけど、その場合ってサードとフォースだけ？」

「ううん。あくまで音域の高さの説明として男声、女声って言い方をしただけで、男声だけでもトップ、セカンド、サードって分けることになるよ」

　壱の質問に答えながら、雨夜は続ける。

「あとアカペラに必要なのは、ベース。リードがメロディ、コーラスがハーモニーなら、ベースはハーモニーとリズムの両方を担当する。低い音域の担当で、曲の音程はベースボーカルの音感にかかってるって言われるくらい大事なパートなんだ。BGMの土台担当……かな？　ドゥーとか、歌詞のないそういう部分を歌ってるの、聴いたことない？」

「んー……？」

「まあその辺りはやっていきながら慣れていこうか」

首を捻《ひね》る壱に、雨夜は苦い笑《え》みを浮かべた。

「あとはリズム担当のボイスパーカッション」

「ボイパってやつだな」

知っている単語が出てきたからだろう。燐が声を上げる。

「そう。ドラムのリズムを口で刻むパートだね」

今言った単語を黒板に書きだした雨夜は、改めて全員を振《ふ》り返《かえ》る。

「とまあ、リードボーカル、トップコーラス、セカンドコーラス、サードコーラス、ベース、パーカッションの六つが、アカペラを構成する基本的なパート。というわけで、歌う曲を決めて、それに合わせてリードボーカルから決めていくのがいいかな」

「それって、絶対固定?」

「どういうこと? 壱」

「舞斗《まいと》たち、みんなが歌ってたから」

声の高さ、音域を変えることはできないので、パートは固定されていただろう。けれど歌詞は、みんながそれぞれ歌っていた。

「僕、あれがいいな」

壱の中でのアカペラの基準は、舞斗たちのそれなのだ。

「分かった。別にリードボーカルは一人じゃなきゃいけない、なんてルールもないみたいだしね」

「曲は何にするんだ？」

「みんなが知ってて、且《か》つアカペラでもよく歌われているものにするのが無難だと思うよ。動画サイトで、結構歌を上げてる人も多くてね。その中でよく聴くのは、これかな」

雨夜がスマホを操作し、曲を流す。

「あ……『花』だ」

おとなしくみんなのやり取りを聞くばかりだったルカが、小さく呟《つぶや》く。

「合唱曲としてもよく使われてるし、教科書にも載《の》ってるくらいだから、みんななんとなく歌えるよね？」

「ボク、中学のときの文化祭で『花』歌いました」

「オレも……」

「じゃあ曲はこれで決定」

立ち上がった壱はチョークで、黒板に大きく『花』と書いた。

「次に決めるのは、パートと、誰がどこを歌うかだけど……」

「難しいことは考えないで、自分が歌いたいところでいいんじゃない？　それで微妙《びみょう》だなって思ったら変えていこうよ」

「そういうやり方でいいんでしょうか」

「全員初心者で、声の高さも分からないのに……」

「けどまずは歌ってみねえと始まんねえだろ。それでいこうぜ」

燐がスマホを取り出して操作する。『花』の歌詞を検索《けんさく》しているようだ。

それを見て、壱や道貫、ルカも倣《なら》う。

「僕、サビは全員で歌いたいな」

「じゃ、サビ以外で歌いたい場所決めてく感じな。みんなもいいな？」

燐が訊《き》いたのを合図に、全員は曲を口ずさみ、自分が歌いやすい箇所《かしょ》、歌いたい部分を探し始めた。

（あ、ここ。歌いたい）

壱は、サビに入る直前のワンフレーズが気に入った。

「僕（俺）、ここがいい」

壱と燐の声が重なる。

「……燐、どこ？」

「ここ。お前は？」

「僕も……」

一番の、サビに入る直前。二人とも、全く同じ箇所を指していた。

「……僕が部長」

「あ、お前、それは卑怯《ひきょう》だぞ！　職権乱用は禁止！」

「えー」

「えー、じゃねえ！　ここは公平にジャンケンだ」

むぅ、と唇《くちびる》を尖《とが》らせる壱だが、ここで無理に逆らってもいいことはないと分かっている。そのため握《にぎ》り込んだ拳《こぶし》を顔の前に掲《かか》げた。

「「ジャンケンポン！」」

——なんて、壱と燐がジャンケンでフレーズの取り合いをしている横で。

「出だしを歌うのは緊張するから、僕が歌うんだったらこの辺り……Bメロかな？」

「あ……」

雨夜の呟きに、小さくルカが反応する。

「……もしかして四方《しほう》さん、同じところ歌いたかった？　じゃあ僕変えるよ」

「い、いえ！　そんな。オレが変えるから、どうぞ」

「いや、僕もどこでも大丈夫だから」

「いやいや、それならオレだって……」

「いやいやいや」

「いやいやいやいや……」

ぺこぺこするルカにつられて、雨夜も頭を下げる。そうやってお互《たが》い譲《ゆず》り合っていると。

「よっしゃ勝った！」

ガッツポーズをとる燐の声が部室に響き、雨夜とルカ、道貴が顔を上げる。

「むぅ……」

壱は不満げに、チョキの形にした右手を見下ろしていた。

「そっちは決まった？」

「おう。俺ここ担当な。あと」

「燐は勝って好きなところ選べたんだから、次は僕が好きなところ決める」

「でもそこは四方さんが歌いたいみたいだから」

「いえっ、あの、本当にオレどこでもいいんで……！」

「道貴、お前は？」

「えっ、えっと、ボクは……」

「なんだ？　歌いたいとこねえのか？」

「ち、違《ちが》います、はい」

燐の言葉に慌てて首を横に振ると、道貴は歌詞を指差した。

「声の高さ的に、ボクはこの辺りだと嬉《うれ》しいです」

「道貴、高さで決めるんだ？」

「そうですね。声の出しやすいところっていうか」

「じゃあ僕の声だったらどこが合う？」

「壱先輩ですか？　んー……」

「道貴くん、オレが歌えそうなところも教えてほしいな」

「じゃあ俺も」

「えっ、えぇっ」

「なんとなくで大丈夫だから。あんま深く考えずに。ね？」

「うぅ……」

　壱がお願いすれば、悩《なや》みながらも、道貴は真剣《しんけん》な顔でスマホとにらめっこする。頼《たの》まれれば、全力で応えようとする性格なのだろう。「大体ですけど……」と道貴が歌詞を振り分けてくれた。

「リードボーカルは決まったから、次はコーラスだね。アカペラを歌っている人の動画を観ながら、真似《まね》をしていこうか」

　主旋律《しゅせんりつ》を歌う人以外がコーラスを担当する、という形で、雨夜が流れを進行していった。

「サビはどうする？　全員で歌うとこ」

「とりあえずみんなで歌って、変だって思ったら変えていこうよ」

　壱の提案にみんな頷く。というより、それ以外にどうすればいいのか分からないのが本音だった。

「じゃあ練習、始めよう」

壱の「せーの」の声を合図に、アカペラの練習が始まったのだった。


登校する際、燐は基本的に壱と雨夜と一緒《いっしょ》に行く。

というのも壱一人だけだと、彼が音和高校に辿《たど》り着《つ》けない可能性があるからだ。入学して二年目なのでだいぶマシにはなったものの、気は抜《ぬ》けない。

というわけで今日も、燐は壱と雨夜と共に、教室に向かって並んで歩いていた。

「おー、アカペラ部」

と、通りかかった担任の教師に呼ばれて、三人は足を止める。

部を設立して一週間が経《た》ち、先生たちの間でも、アカペラ部は周知されているようだ。

「今日の放課後だが、予定が変わって音楽室が空いたから、アカペラ部が使ってくれって、軽音楽部の先生から伝言だ。鍵《かぎ》は開いてないから、使うとき自分たちで取りに行ってくれ」

「ん」

「じゃあな、頑張《がんば》れよ」

壱が頷いたのを確認《かくにん》して、担任は去っていく。

「音楽室の方が嬉しいよね。防音だから周りを気にしなくて済むし」

「だな」

この数日間で、部室や空き教室でも練習をしたが、一番声を出しやすかったのは、雨夜の言う通り音楽室だ。

「チャットで、道貴とルカに連絡しとかなきゃ。場所が変更《へんこう》になりますって」

そう言って、壱がスマホを取り出す。

「壱、鍵は僕が取りに行くから、先に着いたら待ってるようにとも伝えてくれるかな？」

「あ、なあそれ、俺が直接二人に言いに行ってもいいか？」

チャットを送ろうとした壱を、燐が止めた。

「なんで？　チャットの方が早いよ？」

「あー……用事があんだよ。だからついで」

「分かった」

教室に荷物を置くと、燐は早速、一年生の教室へ向かう。

(顔合わせる機会を増やすのは、まあ大事だろ)

燐は、自分の目つきがよくないことに自覚がある。

凄《すご》めばそれなりに威圧《いあつ》感があることを理解しているし、地味な格好よりも派手な方が好きなので、服装のせいで不良だと思われることも少なくなかった。

(道貴とルカが俺を怖《こわ》がってんのも分かるっちゃ分かるんだよな。けどこれから五人でやってくんだし、どうにかした方が絶対いい)

だから燐は、敢《あ》えて二人を直接訪ねることを決めたのだ。壱に言った、用事がある、というのはそのための方便だった。

練習以外でも顔を合わせる機会が増えれば、誤解も自《おの》ずと解けるだろう。そう思ったから燐は、道貴とルカを探して廊下《ろうか》を歩く。

――燐を見かけた一年生たちが、「怖い先輩が歩いてる」「目が合ったら絡《から》まれるかも」と怯《おび》えて、それとなく燐に道を譲っていることに気づかないまま……。

「おい、道貴」

廊下を歩いていた道貴は、突然《とつぜん》背後から低い声が聞こえてきてドキッとした。

「あっ、燐先輩。おはようございますっ。一年の廊下に来るなんて、どうしたんですか？」

「お前に話あんだよ。今、いいか？」

「はい、もちろんです」

邪魔《じゃま》にならないよう、二人で廊下の隅《すみ》に移動する。

「今日の部活、部室じゃなくて音楽室に変更な。音楽室使う予定だった先生が、キャンセルしたってよ」

「分かりました。あとで、ルカ君にも伝えておきますね」

「いや、こっち来たついでだし、俺が行くからいい」

「さすがにそれは、先輩に申しわけないですっ」

わざわざ自分のところまで伝えに来てくれただけで充分《じゅうぶん》だ。

気を遣《つか》って道貫はそう言ったのだが、途端に燐が訝《いぶか》し気な顔になる。

「は？」

（ひぇっ）

恐《おそ》らく燐に、そんなつもりはない。ないはずだが……まるで睨《にら》まれているかのようで、反射的に道貫は萎縮《いしゅく》してしまう。

「なんで、そこで先輩後輩《こうはい》が出てくんだよ。こんなもん年齢《ねんれい》関係ねえぞ」

「先輩のお手をわずらわせるのは……朝の時間も減っちゃいますし……」

せっかくの、授業が始まる前の自由時間なのだ。自分がルカに伝えに行く方が、燐も時間を有意義に過ごせると思う。

（あれ？　でもそれなら、チャットで充分なのに……？）

「うっせえなあ……。んな言うなら、お前がお前の時間を正しく使ってろ。じゃーな」

「あ……」

引き止める間もなく、燐は行ってしまった。

（ボクがボクの時間を……？）

どういう意味だろうと思うと同時に、燐の姿が見えなくなって、無意識に体に入っていた力が抜けた。

「また、燐先輩に気を遣わせちゃいました……」

ハア、と道貫の唇から溜《た》め息《いき》が漏《も》れる。

「ボクが、まだ緊張しちゃうのもよくないのかな……」

縁《えん》あって同じ部活になった先輩なのだ。仲良くしたい、そう思っているのだが……。

「おーい、雁屋園」

そんなことを考えていると、恐る恐るといった感じで、クラスメイトに話しかけられた。

「大丈夫か？」

「え？」

どうしてそんなことを言われるのか分からず、思わず聞き返す。

「丹波《たんば》先輩に怒《おこ》られてただろ？　心配で様子見てたんだけど……」

再度「大丈夫だったか？」と訊かれて、誤解されていると気づいた道貫は急いで首を横に振った。

「怒られてないです！　むしろ、優《やさ》しくしてくれたぐらいで……！」

「そうなんだ？」

ホッ、とクラスメイトは安堵《あんど》の息を吐《つ》いた。

「……でもあの人、なんか怖いんだよ。先輩もアカペラ部なんだろ？　よく一緒にいられるね」

「いえっ、みんなが言うほど怖くは――」

「無理しないで、辛《つら》いなら辞《や》めていいと思うよ。じゃ」

「あ……」

引き止める前に、クラスメイトは行ってしまった。

「また、誤解を解けませんでした……」

小さく呟き、道貫は項垂《うなだ》れる。

（でも……）

「……怖くないって言ったら、嘘《うそ》になっちゃうんですよね」

壱に対する態度や、部活での様子を見ていれば、燐が悪い人ではないことはすぐに分かる。さっきだって、後輩の自分に気を遣ってくれた。

それでもつい、燐を前にすると身構えてしまうのは――

「優しいって言っても、みんな信じてくれないぐらい、先輩目つき悪――」

思わず呟いたところで、道貴はハッと我に返った。

「とか、ボクが言っちゃダメでした！」

パン！　と両手で自分の頬《ほお》を叩《たた》く。

「それ以上良《い》いところがたくさんあるんですから、声に出すならそっちを――」

「何をわたわたしてんだ？」

「うひゃあっ⁉」

自分の世界に入り込んでいた道貴は、背後に現れた燐に驚《おどろ》いて、咄嗟《とっさ》に悲鳴を上げてしまった。

「ああっ⁉　いきなりでけー声だなっ」

「す、すみません……」

低い声に凄まれて、道貴は頬を引きつらせる。

（こんな反応したくないのに……）

「えっと……先輩、どうして戻《もど》ってきたんですか？」

「言い忘れ。水飲みながら聞いてくれていいぜ」

「水……？」

「水道に向き合ってるし、喉渇《のどかわ》いてんじゃねーの？」

そう言われて横を向く。そこで今さらながら、自分が水道の前に立っていたのだと気がついた。

ここにいたのは本当にたまたまなのだが……かといって「違うんです」と説明するのもおかしい気がする。

そのため道貴は、

「あ、そうです、そうなんですっ」

と、咄嗟に嘘をついた。

「喉渇いたなーって……！」

「だから、飲みながら聞いてくれればいい程度の話」

「はいっ、今すぐ！」

蛇口《じゃぐち》を捻《ひね》り、ごくごくと水を飲む。

「音楽室、一番乗りだと鍵かかってるって言い忘れた。雨夜が借りに行くから、先に着いたら前で待っててくれってよ」

蛇口から口を離《はな》し、道貴は頷く。蛇口を捻って水を止めようとする。

「分かりま――」

それなのに水は止まらず、むしろ勢いよく噴《ふ》き出《だ》した。

「ぶわっ⁉　つ、つめた……！」

跳《は》ね返った水が思いきり顔と体にかかる。

「何やってんだ！　早く水止めろ！」

「は、はい！」

　急いで蛇口を捻る道貴だが、水の勢いは増すばかりだ。

「あわっ……！　わっ、わっ！」

「止めろっつってんのに、なんで出す方に蛇口捻ってんだ⁉」

　怒鳴《どな》るように言いながら、燐は道貴の手に自分の手を重ねるようにして、蛇口を反対向きに捻った。

　やっと水が止まる。しかしその頃《ころ》には、道貴はずぶ濡《ぬ》れになっていた。

「あーあーあーっ、顔も袖《そで》も、胸元《むなもと》までびしょ濡れじゃねえかっ。水飲むだけでそこまでって、お前器用だな⁉」

「腰をかがめた、その体勢のまま水を止めようとしたせいかと！　止められませんでしたが……！」

　そんな道貴に、燐が舌打ちを漏らす。

（怒られる……！）

　よく見れば、燐にも少し水がかかってしまっていた。四月下旬《げじゅん》になって多少暖かくなってきたとはいえ、まだ風の冷たい日はある。

　そんな中、他人のせいで濡れるなんて、燐が怒ってしまっても無理はない。

（ごめんなさい……！）

謝りたいのに、緊張して言葉が出てこない。

身構えてぎゅっと目を瞑《つぶ》れば、腕《うで》を掴《つか》まれる感触《かんしょく》があった。

「来い」

「え？　え!?」

（ど、どうしよう、ボク、どこで怒られるんだろう……!?）

サーッと、道貫の顔から血の気が引く。


道貫が連れてこられたのは、近くの男子トイレだった。

そこで道貫は――燐に、髪《かみ》を拭《ふ》かれていた。

（な、なんでこんなことに……？）

断りを入れて道貫のロッカーからタオルを取り出したと思ったら、燐はここへ道貫を連れてきた。最初は自分で拭いていたのだが、燐に途中《とちゅう》で「貸せ」と言われて、今のこの状況《じょうきょう》である。

「あったかくなってきたとはいえ、さすがに濡れたまんまじゃ風邪《かぜ》引くだろうが」

乱暴な動きに見えて、タオル越しに触れる燐の手は優しい。

「ありがとうございます」

そのおかげで、緊張がゆっくりと解けていくのが分かる。同時に、冷静にもなった。

（ボクをここに連れてきたのって……）

ずぶ濡れで廊下にいれば目立ってしまう。それを避《さ》けるために、燐はここへ連れてきてくれたのかもしれない。

「そういやさ。なんで、こんなでかいタオル持ってんだ？」

そう。燐の言う通り、道貫がロッカーに入れていたのはバスタオルだ。普段《ふだん》学校で使う機会はない。

（普通《ふつう》は、ですけど……）

道貫は苦笑する。

「ボク、こういうドジは初めてじゃないんです……。家でもお風呂《ふろ》のお湯を出そうとしたらシャワーにしちゃって、頭からずぶ濡れとか当たり前ですし……」

自宅であればタオルも着替《きが》えもあるが、学校ではそういうわけにもいかない。何かあったときのためにと、先に準備をしていたのだった。

「そういうあれね」

納得《なっとく》したように肩《かた》を竦《すく》める燐に、道貫はシュンとなる。

「ごめんなさい、です……」

「責めてねえし、蛇口捻るときは一気にじゃなくて少しずつとか対策とっとけ」

「はい……」

（そうしようとは思っているんですけど……）

咄嗟にできないのが、道貴の悩みの種だった。つい溜め息が漏れてしまう。

そんな道貴に何を思ったのか。

「そんでもまたやらかしたら俺を呼べ。手伝ってやっから」

「え？」

俯《うつむ》いていた道貴は、燐のその言葉に目を瞬《しばた》いた。

「さすがにそれは、先輩に申しわけな――」

「お前、もしかして長男？」

「あ、はい。妹が一人います」

答えれば、納得したように燐は小さく息を吐いた。

「長男みんなが甘えベタはねえだろうから、お前の性格でもあんだろうけどさ。困ってんのに、全部を一人で解決しようとすんな。先輩は頼《たよ》るためにいんだよ。他のやつは知らねーけど、俺はそういうスタンスだってのも覚えとけ」

「燐先輩……」

（俺に頼れって、こんな風にはっきり言ってくれるの、かっこいい……！）

感激していると、恥《は》ずかしくなったのか燐は、少し強く道貴の頭をタオルで擦《こす》った。

「わっ」

「これで終わりだ。あと気になるなら自分で拭け。濡れた制服は、教室の日当たりいい場所に椅子置いてかけとけ。したら、放課後までには乾《かわ》くだろ。寒くしないよう、ちゃんとジャージも着とけよ？」

「はいっ」

「じゃ、今度こそ俺も教室戻るわ。また放課後な」

「はいっ！　先輩、ありがとうございました！」

タオルを受け取ると、燐はそのまま男子トイレを出て行った。

（燐先輩、やっぱり優しいです）

えへへ、と道貴は笑う。

（髪も丁寧《ていねい》に拭いてくれて、寒くしないようにって気遣《きづか》ってもくれたし……）

目つきのせいで先入観から怖いと身構えてしまっていたが、分かりにくいだけで、本当は優しい人なのだ。改めてそう思う。

（こういう優しさ、クラスの子たちとか、一年のみんなにどう説明したらいいんだろう）

うーん、と唸《うな》りながら道貴は自分も男子トイレをあとにする。

（先輩に助けられたら？　だけど困っているところに絶対先輩が現れるとは限らないし、それはそれで先輩の時間を奪《うば》っちゃうし……）

「……そうだ」

首を捻っていた道貴の頭の中で、電球が光る。

（だったらボクが先輩の傍《そば》にいるとき、近くにいる子たちが「もしかして怖くないのかも」と思えるきっかけを作れれば――）

そうすれば燐の時間も奪わないし、誤解も解けるはずだ。今日みたいに、クラスメイトから変に心配されることもなくなるに違いない。

（でも……そんな都合いい方法って……？）

「――あっ！」

放課後、壱と雨夜が鍵を取りに行ったので、燐は先に音楽室の前に来ていた。

（道貴、やっぱり俺のこと怖がってたよな……）

みんなを待ちながらふと思い出すのは、今朝、声をかけたときの彼の反応だ。

（水に濡れたのもビビったし、早くしねえとってロッカーからタオル出して……もっと頼れよって意味で声かけたけど……お節介《せっかい》だったたか？）

変に気にかけすぎて、ますます自分を避けるようになっていたらどうしようか。

そんなことを考えていれば、視界の隅で、道貴が走ってくるのが見えた。

「シャンシャン先輩！」

どう考えても自分に向かって発された道貴の声に、燐はぎょっとした。

「ああっ⁉」

（シャンシャンって……俺のこと……か……？）

それ以外にないのだが、予想外のことについ勘違《かんちが》いだったのかと自分を疑ってしまう。

駆け寄ってきた道貴はぶるぶる震《ふる》えながら、燐のことを見上げてきた。

「っ、あの、ボ、ボク……」

真剣な表情は、冗談《じょうだん》や軽い気持ちで、燐のことを「シャンシャン」と呼んだわけではないと語っていた。

（……タンバリンで、シャンシャン、か？）

燐は、自分のフルネームをカタカナで書くと楽器の名称《めいしょう》になることを知っていた。親は名付けてからそれに気づいたらしく改名を持ちかけてきたり、子どものときはそれでからかわれたりしたこともあったが、燐は自分の名前を気に入っている。

（多分、あだ名だよな）

道貴が悪意あるあだ名をつけるような性格でないことは、この数日間で理解している。

（……こいつもこいつなりに、俺と仲良くなろうとしてくれたのか）

仲良くなるにはどうしたらいいかを考えて、怒られるんじゃないかと今にも泣きそうに震えて。それでも、しっかりと燐を真正面から見つめて——。

そんな彼に、怒ったりできるはずもない。

――むしろ、嬉しいではないか。

「……制服、乾いたじゃん」

かといってそれを素直に伝えられる性格でもなく、燐は視線を逸らす。

「あ、は、はい！　燐先輩のアドバイスのおかげです！」

敢えてあだ名に対してツッコまなかったことを、拒否《きょひ》だと判断したのだろうか。呼び方が元に戻ってしまい、燐はふてくされたように言う。

「なんだよ。シャンシャン先輩じゃねえの？」

元々丸っこい道貴の目が、さらに丸く、大きくなった。

「いいんですか……？」

「他のやつだったら、ぜってーアウト」

きっと、何バカなこと言ってんだ、と怒っただろう。けれど一生懸命《いっしょうけんめい》考えてきたことが伝わってきたから。

「お前だけ特別な」

そう言えば、道貴も満面の笑みになった。

「わぁ……特別、嬉しいです！」

よほど嬉しいのだろう。道貴は燐の周りを、まるで兎《うさぎ》か何かのようにぴょんぴょんと跳ね回る。

「あのボク、もっとシャンシャン先輩と仲良くなりたいなって！　だから、えっと……あっ、今度一緒に牛乳飲みましょう！」

遊びに行きましょう、とか、ご飯食べましょう、ではなく、牛乳というのがツボに入って、燐は噴き出した。きっと道貴の好物に違いない。

「はいはい、牛乳な」

「あとは……あと、何しましょう？」

「なーんでも？」

「じゃあ、じゃあ……バイクの後ろに乗りたいって言ったら……」

「いいぜ。好きなとこ連れてってやるよ」

「ありがとうございます！　嬉しいです、仲良しです！」

今朝の身構えていた様子とは打って変わった姿が微笑《ほほえ》ましくて、燐は今にも声を出して笑いそうになった。

「仲良し、な。まあ、これからもよろしくってことで」

「はい！」

そんな話をしていれば、「おーい」と壱の声が聞こえてきて、燐と道貴は振り返る。

「二人ともー」

「お待たせ」

壱とルカ、そして雨夜が歩いてきていた。どうやらルカは、音楽室へ来る途中に、鍵を取りに行くために歩いていた壱と雨夜に会って、一緒に来たらしい。

「鍵、もらってきたよ。今開けるね」

「遠くから見ても楽しそうだったね。何話してたの？」

雨夜が音楽室を開けるのを眺《なが》めていると、ルカが道貴へ尋ねた。

「羨《うらや》ましいから僕も交ぜてよ」

さらには壱までそんなことを言ってくる。

「これからボク、燐先輩をシャンシャン先輩って呼ぶことが決まったんです」

「道貴、あだ名つける天才っ」

「それ、僕も――」

（絶対言うと思った）

ワクワクした表情になる壱と雨夜へ、燐がべっ、と舌を出す。

「このあだ名で呼んでいいのは、道貴だけだ」

断られたことが残念なのか、壱と雨夜が「えー」と声を揃《そろ》える。

と、「道貴だけ」と言われたことがますます嬉しかったのか、瞳をキラキラさせた道貴と目が合って、燐は気恥《きは》ずかしくなる。

「ほら、とっとと練習しようぜ」

逃《に》げるように、燐は音楽室へ足を踏《ふ》み入《い》れた。

——昨日と変わらない練習なのに、道貴と距離《きょり》が縮まったというだけで、いつもより楽しい気持ちで時間を過ごせたことは、燐だけの秘密だった。


五人でただ歌うだけでは、果たして正しいのか分からない。

客観的な上手《うま》い下手の判断を求めて、ある日の部活はカラオケボックスで行うことになった。

採点機能を使って、ハモリの練習をする。

「燐、八十点」

「お前が変なとこで入ってきたからだろッ」

「だって僕もあそこ歌いたかった」

「まあまあ、二人とも」

言い合う壱と燐に、雨夜が苦笑する。

「ハモリって点数取りづらいしね」

だからこそ練習にカラオケを選んだわけでもあるのだが。

「でもデュエットって楽しいですね！　雨夜先輩、次はボクとも歌ってください！」

「あ……う、うん。もちろん」

道貴に誘《さそ》われるも、雨夜は曖昧《あいまい》な笑顔《えがお》だ。

雨夜だけでなく、ルカも隅で一人ジュースを飲んでいた。

「ルカ、もっとこっち来たら？　そこ寒くない？」

「えっ、あ、だ、大丈夫だよ。ここ、落ち着くし」

「そう……？」

「壱先輩たちはカラオケとかよく来るんですか？」

ルカを気にしていた壱だが、道貴に話しかけられて視線を彼へ向ける。

「うーん、たまに？」

「そんな頻繁《ひんぱん》には来ねえかもな」

「三人はいつから仲良しなんですか？」

「中一からだから……もう五年か？　なあ、雨夜」

「うん、そうだね」

「長いですね！」

（もうそんなに経つっけ？　燐と雨夜と仲良くなって）

当時のことを壱は思い返す。確か先に仲良くなったのは燐だ。そのきっかけは――

「燐とは、トイレだったよね」

壱の言葉に、道貴が目をぱちくりとさせる。隅で聞いていたルカも同様だった。

「あー……壱。言いたいことは分かるけど。それじゃ意味分かんねえだろ。えっとな、入学式んとき、俺が鼻歌で歌ってたのに壱が興味持って、あとついてきたんだよ。で、トイレで俺が手洗って、ふっと鏡見たら後ろに人が立っててさ。あんときゃビビったぜ」

「僕はただ、燐の歌ってた曲がよかったから、何の歌か聞きたくて」

「それで普通、人のあとつけるか？」

「でもそれで燐も教えてあげたんでしょ？　優しいよね」

雨夜とはそのときはまだ顔見知りでもなかったので、彼は壱と燐から話を聞いただけだ。だがその様子がありありと想像できるのだろう。クスクスと笑っている。

「雨夜先輩も仲良くなったのは、そのときなんですか？」

「え、っと、僕は違って……入学して少ししてから、かな。僕が兄さんの写真を見せて」

「雨夜先輩、お兄さんいるんですね！」

「うん。双子《ふたご》の」

「へえ……！」

「思い出した。その写真がきっかけで僕、雨夜と喋《しゃべ》るようになったんだ。で、燐と雨夜はいつの間にか仲良くなってた。僕の方向音痴《おんち》の話で意気投合してた……」

「三人で行ったファミレスでだよね。でもその前に僕と燐が話したきっかけは──」

「言わなくていいって！」

燐が焦ったように雨夜を遮《さえぎ》る。

「えー、なんですかなんですか⁉　気になります！　ねっ、ルカ君！」

「え、えっと……」

道貴に話を振られて、ルカが困惑《こんわく》したような顔になる。みんなの話を聞いていなかった、というわけでもなさそうだが──。

「あー……興味なかったか？」

「そんなこと……！」

燐に言われて、ルカは何度も首を横に振る。

「みんなが話してるから、オレは入らない方がいいかなって……」

「なんでそうなるんだよ」

「そ、それは……」

「燐の顔が怖いから？　ね、道貴」

「え？　い、いえ！　ボクもうシャンシャン先輩の顔怖くないんで！」

「道貴、それは前まで怖かったって言ってるようなもんだぞ……？」

そんな話をしていれば、部屋の電話が鳴った。

「って、もうこんな時間。そろそろ出ないとだね」

そのまま雨夜が電話を取る。その間に壱たちは、帰る準備を始めたのだった。


「お前ら、時間大丈夫か？」

カラオケボックスを出た燐がみんなに尋ねた。

今の時刻は十九時だ。いつも部活が終わる時間より少し遅《おそ》いくらいである。

「僕は平気。雨夜は？」

「家に連絡してあるから大丈夫だよ。ありがとう」

「道貴とルカは？　大丈夫？」

「うん。オレも連絡はしてるから」

「はいっ」

特に急ぐ必要はないと分かり、五人はゆっくりと歩き出した。

「学校からも近いし、いいね。駅の横だから帰るのも楽」

「また来たいです！　あ、でも頻繁には、ちょっと……お金が……」

「なんかそういうアプリでも探すか？　カラオケできるやつ的な」

「探したらありそうです！　ボクまた、シャンシャン先輩とデュエットしたいです！」

「そうだな。またしようぜ」

燐と道貴が顔を見合わせて笑う。

（道貴がシャンシャン先輩って呼ぶようになってから、燐と道貴、仲良くなったな）

それを嬉しく思っていた壱は、ふとルカの姿が見えなくて目を瞬かせた。

横並びの順番は、雨夜、壱、燐、道貴だ。

振り返ると、自分たちについてくるような形で、一歩後ろにルカがいた。

「ルカ」

壱は横並びの列から抜けて、ルカの隣《となり》に立つ。

「どうかした？　疲《つか》れた？」

「え？　ううん、大丈夫だよ」

「そう？」

じっ、と壱はルカを見つめる。

疲れて、みんなと話すのが億劫《おっくう》なのだろうか。

壱がそう考えているのを、どうやらルカは察したようだった。

「みんな楽しそうだから……邪魔しちゃダメかなって」

「なんで、邪魔？　楽しそうだったら、ルカも交ざろうよ」

「うん、そう、だね……」

曖昧に頷きながら、ルカは困ったように笑って頰を掻《か》いた。

「……？」

どうしたのだろう、と壱はきょとんとする。

だがそれを尋ねる前に、ぐぅぅ、と勢いよくお腹《なか》が鳴った。

「あ」

「……ぷっ」

タイミングと勢いがよかったからだろう。ルカが思いきり噴き出した。

「ご、ごめん……笑うつもりはなかったんだけど……」

お腹を片手で押さえる壱に、ルカは肩を震わせて笑う。

「ルカ、そっちの方がいいよ」

「え？」

「そうやって笑ってる方が、ずっといい。無理して笑えとは言わないけど、僕、ルカの笑顔、好きだよ」

「壱先輩……」

「壱、何してんだ？」

不意に燐が話しかけてきて、壱は顔を向ける。

気づけば駅に着いていた。みんな電車通学で、壱と燐と雨夜が同じ路線、道貴とルカは別の路線だ。

「お腹空いた」

再度、壱のお腹が鳴る。

「もういい時間だしな。電車乗る前にどっかで買い食いでもするか？」

「あっ、だったら、ボクのうち来ませんか!?」

燐の提案を聞いた道貫が、ビシィ！　と片手を挙げた。

「道貫のうち？　行く」

即座《そくざ》に頷いた壱を、燐が「いやいやいやいや」と制止する。

「いきなりは迷惑《めいわく》だろ」

「そんなことないです！　だからシャンシャン先輩も！　あとあの、よかったら雨夜先輩も、ルカ君も」

「僕も、いいの？」

「オレも？」

「もちろんです！」

にこにこしている道貫の誘いを断る方が悪い気がして、みんなで顔を見合わせる。

「行こ」

そして結局、壱の一言が背中を押す形で、みんなで道貫の家に向かったのだった。

うち、という言い方だったので一軒家《いっけんや》に案内されるのかと思っていた面々は、「着きました」と、道貴に示されたカフェに目を丸くした。

そのカフェは三階建てで、一階部分がお店になっている。二階と三階が自宅らしい。

屋根は赤色で可愛《かわい》らしく、それでいて店の外観は緑が基調となっており、落ち着いた雰《ふん》囲気《いき》だった。

「道貴くんのおうちって、カフェだったんだ？」

「実はそうなんです」

「これ、お店のメニュー？」

扉《とびら》近くに置かれている立て看板を壱は覗き込む。ハンバーグやサンドイッチ、ドリアなど、美味《おい》しそうな写真が貼《は》られていた。

「あれ、これって……」

「どうしたの、雨夜」

「このメニューの名前、有名な映画の……？」

「はい！　お父さんが映画が好きで。月変わりで、映画モチーフの料理を作ってるんです。ほら、ここにもポスターとか、中でも映画流したりしてて！」

道貴が扉横を指差す。そこには映画のポスターやチラシが貼られており、窓から店内を覗き込めば、大きなテレビで洋画が流れていた。

「よっぽど映画が好きなんだな。でも確かに、一人で時間潰《つぶ》すときとかに入りてえかも」

「それではみなさん、どうぞ」

道貴がみんなを促《うなが》しながらカフェの扉を開けた。

カウンターに立っているのは父親なのだろう。優し気な雰囲気が道貴とそっくりだ。

「いらっしゃ……って、道貴。一緒にいるのは——」

「今日は、アカペラ部のみんなを連れてきました！」

「そうか。みんな、息子《むすこ》と仲良くしてくれてありがとう。ゆっくりしてってくれ」

可愛らしい内装のカフェは、女性に人気のようだ。店内には女性のお客さんやカップルがちらほらいた。

「ここ座りましょう！」

挨拶《あいさつ》をしている四人を、道貴が六人掛《が》けの端《はし》のテーブルへ案内する。

「みなさん、何食べますか？」

学年別に隣同士に並んで座ると、道貴がテーブルの中央にメニューを広げた。

「僕、味噌《みそ》味の何か」

「味噌ですか？　今日の日替わりスープが何か、ボク聞いてきます！」

「道貴、いい、いい。これ、壱の常套句《じょうとうく》。気にしなくていいから。壱もカフェで無茶言うな。俺はハンバーガーとかそういうのがいいんだけど、あるか？」

「ありますよ！」

「壱も、たまにはそういうのでいいだろ」

「ん。雨夜とルカは？」

燐のおかげで注文が決まった壱は、おとなしくしている雨夜とルカを見る。

こういうとき雨夜は決まって、壱や燐の知らないようなフランス料理の名前を口にするのが鉄板なのだが——。

「僕は、なんでも……」

そう、雨夜は遠慮《えんりょ》がちに言う。

「いいの？　いつもだったら、フランス料理のナントカのカントカ風ホニャララ～とか言うのに」

「つか雨夜、まだ緊張してんな？」

「えっ、そ、そんなこと……」

否定しようとする雨夜だが、普段の彼を知っている壱と燐の目には明らかだった。

「緊張、ですか？」

「ああ。雨夜、人見知りだからな」

「人見知り……」

何度か瞬《まばた》きを繰《く》り返した道貴が「あの……」と雨夜に声をかける。

「部活とか、今日も……あまり話してくれないなって思ってたんですけど、あれってもしかして、ボクの態度が悪い、とかじゃなく……？」

「ち、違うよ！　雁屋園さんはいつも明るくて……むしろ元気をもらってるくらい」

「本当ですか？　よかったぁ」

安堵したように道貴が胸を撫《な》で下《お》ろした。

「ボク、雨夜先輩に嫌《きら》われてるんじゃないかって……」

「そんなことないよ！」

慌てたように雨夜が否定する。

「……ごめんね。連絡事項《れんらくじこう》とか、何をしゃべるか決まっている場面では問題ないんだけど……雑談になると、気を遣わせるんじゃないかとか色々考えて、上手く話せないんだ」

その話を聞いた壱は、「そうだ」とあることを思いつく。

「何を話したらいいか分からないのは、相手のことを知らないからだよね。じゃあ今、教えてもらおうよ。はい、ルカから」

「オ、オレ!?」

壱にいきなり振られて、ルカが焦る。

全員の視線が集中して、思わずだろう、ルカは顔を伏《ふ》せた。

「えっと……何を話せば……？」

「んー」

　確かに、いきなり話せと言われても困るのかもしれない。

「……あ、ルカってダブル？」

　なので壱は、気になっていたことを質問した。

「う、うん。父親がアメリカ人で……」

「やっぱり」

「そうだったんですね！　ということはお母さんが日本の人ですか？」

「うん。父がパイロットで、母がフライトアテンダントで——」

「パイロット⁉」

　驚きの声を上げたのは、壱でも、燐でも、道貴でもない。

　ずっと静かにしていた雨夜である。しかも腰を上げ、テーブルに身を乗り出している。

「え、あ、はい……」

「あ……ご、ごめん」

　目をぱちくりさせるルカに気づいて我に返った雨夜は、頬を少し染めながらソファーへ座り直した。

「珍《めずら》しい、ですよね」

「それもそうなんだけど……僕、飛行場に通うのが趣味《しゅみ》でね。飛行機と空を眺めるのが好きなんだ。だから、つい」

「そうなんですか！　オレもときどき行ってて。仕事終わりの父と母を迎《むか》えに行ったり、父の乗ってる飛行機を見に行ったり」

「ここから近いところだったら羽田とか？」

「はい」

「僕もよく行くよ。あの喧騒《けんそう》の中で読書するのも意外と落ち着けてね。まさかこんな身近に、飛行場の話をできる人がいたなんて……！」

「オレも驚きました。でも、嬉しいです。……あとオレ、実は宗円寺《そうえんじ》先輩のこと、名前だけは元々知ってて」

「え？」

「実は友達が、宗円寺先輩のお兄さんと同じ奏ケ坂《かなでざか》なんです。それで」

「そうなの⁉」

話が盛り上がる雨夜とルカを微笑ましく見守っていると、壱は不意に燐と目が合った。

雨夜が俺ら以外に、あんなテンション高く話してるの珍しいな。

燐の瞳がそんな風に語りかけてきて、壱は微笑んだ。

と、道貴が雨夜とルカを見つめていることに気づく。

「……あっ、あの！」

注目してください、と言わんばかりに、道貴が片手を天井《てんじょう》に向かって伸《の》ばす。

「えっと、その、雁屋園道貴！　一年です！　父はカフェのオーナーで、母は事務職員で、妹が一人います！　あと牛乳が好きで、えっと身長は一六九センチですけどまだ伸びる予定です！　それから……あっ、雨夜先輩のために、フランス料理の勉強もします！　それで……それで……」

何を言えばいいのか分からなくなったらしい道貴は瞳を彷徨わせたが、すぐに雨夜に視線を戻す。

「だから、あの！　ボクのことも、雨夜先輩に知ってほしいです！　で、仲良くなりたいです！」

「雁屋園さん……」

「……いい、ですか？」

目を丸くしていた雨夜だったが、すぐに表情を和《やわ》らげた。

「もちろん。僕こそ、仲良くしてくれると嬉しい」

「はいっ！」

「道貴、本当にフランス料理の勉強すんのか？　こいつの言うフランス料理、マジでわけ分かんねえぞ～？」

嬉しそうな道貴に、燐がそんな茶々を入れる。

「うっ、が……頑張ります……！」

「じゃあ雁屋園さんには、オマール海老《えび》のカルパッチョ、マンダリンと根セロリのカリソン仕立《じた》て、黒トリュフとトピナンブールの軽《かろ》やかなソースをお願いしようかな」

「え、え？　あの、もう一回お願いします！」

鞄《かばん》からメモを取り出そうとする道貴に、壱は声をかける。

「道貴、大丈夫。多分雨夜、冗談言ってる」

「へ……そうなんですか？　よかったです。そんな長い名前、ボク覚えられないです」

「ごめんね、雁屋園さん」

眉尻《まゆじり》を下げて雨夜が笑う。

「ねえ雨夜、道貴って呼ばないの？　ルカのことも」

「え、でも……」

「ボクは名前で呼んでほしいです！」

「ルカも雨夜のこと、苗字《みょうじ》で呼んでたよね。僕のこと呼ぶみたいに、名前にしようよ。せっかく同じアカペラ部になったんだし、そっちの方がいいよ。ほら、呼んで」

「え、え……っと、じゃあ……雨夜、先輩……？」

おずおずとルカが口にする。

「ほら雨夜、返事しないと」

「あ、じゃあ……はい。ルカ、さん。道貴さんも」

「はーい！」

「は、はい」

「お前ら、幼稚園《ようちえん》じゃねえんだから」

苦笑しながら燐が、「それより注文しようぜ」とみんなを促す。

（よかった。雨夜が、道貴とルカと打ち解けられて）

そんなことを考えながら、壱はテーブルに広げられているメニューに目を通す。

（燐と道貴も仲良くなったし……あれ？　じゃあ、燐とルカは？）

壱は顔を上げて、燐とルカに視線を向ける。

（そういえばこの二人、全然しゃべってない？）

「ねえ」

「みんな決まったか？　注文すっぞー」

疑問を口にしようとするも、燐の声に遮られてしまい……結局壱はそのことを口にするタイミングを失ってしまったのだった。

　昼休み、壱は燐と雨夜と共に図書室へ向かっていた。

　アカペラ部を設立して早半月。歌うことにも慣れてきたが、同時に次の課題もおぼろげながら見えてきた。

「歌うのは楽しいけど……でも、舞斗たちと同じようにならないのはなんでだろ。なんだか、ただ音を重ねてるだけみたいな。ぴったりじゃないっていうか」

「それって、音を出すタイミングとか、音程が上手く合ってないとか、そういう感じかな？」

　雨夜に聞き返されて、壱は首を捻る。

「そういうことなのかな。とにかく、何か違う気がする」

　動画を観《み》て真似をしているのに、舞斗たちのようにできない。そしてそれを解消する方法も分からない。それを二人に相談した結果、一度図書室でアカペラについての本でも読んでみよう、ということになったのだった。

「アカペラのことをちゃんと知ったら、きっと何が違うのか分かってくるよ。道貫さんもルカさんもあれだけ頑張ってくれてるんだから、僕らもちゃんとしないと。……って、壱？　なんで僕のこと見てるの？」

「んー？」

　小さく壱は笑う。

「雨夜、道貴とルカのこと名前で呼ぶの、慣れてきたなあって」

「そ、そうかな？　でももう呼び始めて一週間経ったし、さすがにね」

「ルカと一緒に飛行場行った？」

「行ってないよ」

「誘わないの？」

「だって迷惑になるかもしれないし……」

「そんなことないよ。ね、燐」

　同意を求めて、壱は燐を振り返る。

「あー……うん、そうじゃねえの？」

　何故《なぜ》か燐は、煮《に》え切《き》らない態度だった。

（カフェに行ったときから思ってたけど……）

　練習のときもカフェに行ったときも、燐がルカと話をしていた場面は少なかった気がする。ルカが自分から話しかけに行かないのは、彼の性格を考えれば分かるのだが……面倒《めんどう》見《み》のいい燐がルカに話しかけないのは、妙《みょう》に思えた。

「もしかして燐、ルカのこと苦手？」

タイミングを逃《のが》してずっと訊けなかった質問を、壱はここでやっと口にした。

「えっ、燐、そうなの？」

「な、なんでそうなるんだよ!?」

「だってルカの話、あんまり乗ってこないから」

「別にそんなこと……。けど、あー……道貴は向こうから来てくれるから話しやすいんだけど、あいつはこう、住む世界が違いそうっていうか、悪いやつじゃないのは分かってんだけどさ」

「そうかな？　ルカ、僕らと変わらないよ？」

「そうだよ。燐、僕には人見知りだって指摘《してき》したのに」

「それとはまたちょっと違うんだよ。ああいうタイプ、俺の周りにいなかったから、どう接すりゃいいのか分かんねえってだけで。……この前、道貴んとこのカフェ行っただろ？で、そんとき俺がみんなの分注文してさ。覚えてるか？」

「うん。結局みんなハンバーガー食べたよね。美味しかった」

これからは部活終わりにお腹が空いたときは道貴のところのカフェに行こう、なんて話をしていたくらいだ。

「ルカに『お前もハンバーガーだったっけ？』って言って、頷かれたからそのまま注文したんだけど。あいつ、家に夕食の準備がもうあったから、本当はもっと軽いもん食いたかったみたいなんだよ」

「ルカさん、そうだったの？」

「ああ。あとで道貴から聞いた。といっても、美味しかったから問題ないってルカが言ってたし、気にしなくていいって道貴は言ってたけど……。でもそれなら、そんときにちゃんと言ってほしかったっつーか」

気になったことは基本的にズバズバ言う燐にとって、それに動じない壱や、意外と気にしない雨夜、素直に聞く道貴は、話しやすい存在なのだろう。逆に、つい一歩引いてしまうルカに対して、どう接していいのか分からないのかもしれない。

「まあ……五人もいれば、相性《あいしょう》ってやっぱりあるのかな？」

雨夜が腕を組む。

「えー、でも仲いい方が、いいなあ」

「俺だってそうだよ。だからまあ、これからあいつとどうしてこうか色々考えてるとこ」

「難しいね、そればっかりは」

「ルカと仲良くなる方法……」

壱は考えてみる。雨夜のように、共通の趣味があれば話は早いだろうが、燐とルカにそういうのはなさそうだ。

「あ、バイクの後ろに乗せてあげたら？　今度道貴のこと乗せる約束したんでしょ？」

「道貴とはしたけど。ルカはそういうの好きなタイプかあ？」

燐がポケットに手を突《つ》っ込む。

「……あれ」

ポケットをまさぐった燐が、眉《まゆ》を顰《ひそ》めた。

「どうしたの？」

「いや、今日バイトあるからバイク乗って来てて、鍵ここに入れてたんだけど」

だから今朝、壱は雨夜と二人で登校した。

立ち止まった燐は、ポケットを引っくり返す。

「……やべえ、落としたかも」

「えっ」

「悪い、二人で図書室行っててくれ。俺、鍵捜《さが》しに行くから——」

「なんで」

背を向けて走り出そうとした燐を、壱は引き止める。

「僕らも捜す」

「うん。みんなで捜す方がきっと早いよ」

壱と雨夜もすぐに、今来た道を引き返し始めた。

「お前ら……ありがとな」

そのまま三人は、廊下に鍵が落ちていないか気を張りながら歩いていく。

「ないー……わっ」

俯きながら歩いていたせいで前を見ておらず、壱は誰かにぶつかった。

「壱先輩？」

「あ、ルカ」

ぶつかった相手はルカだった。

「下見てたら危ないよ」

「今、燐の鍵捜してて」

「鍵？」

「うん」

そんな話をしていれば、燐と雨夜も近づいてくる。

「あの、鍵を捜してるって」

「あ、ああ。俺のバイクの」

「オレも捜します」

「いや、いいって。わざわざ……」

「でも大事じゃないですか。人手が多い方がいいですよ」

そう言ってルカも、周囲を見回して鍵が落ちていないかを捜し始める。

そこまでされれば止めることも逆に申しわけないのか、燐は何も言わなかった。

「職員室に届けられてるかも。僕訊《ぼくき》いてくるよ」

雨夜が申し出るが、それと同時に予鈴《よれい》が鳴ってしまう。

「しゃーねえ。あとは適当に捜しとくから。とりあえず教室戻ろうぜ。ありがとな、三人とも」

――というわけで、結局バイクの鍵を見つけられないまま、その場は一旦《いったん》解散になってしまったのだった。


放課後、壱と燐は職員室を訪ねていた。

「失礼しました」

軽く会釈《えしゃく》して、二人は職員室を出る。そしてほぼ同時に溜め息を吐いた。

「なかったね。燐の鍵」

「ああ……」

落とし物にバイクの鍵がないかと尋ねに来たのだが、届けられていなかった。

「てことは自分で捜すしかねえのか」

「雨夜も帰っちゃったから、僕ら二人でだね」

元々今日は、雨夜と道貴にどうしても外せない用事があるということで、部活自体が休みだった。

「燐、バイト大丈夫？」

「ああ。舞斗に代わってもらった」

「そっか」

「一応言うけど、別にお前は付き合わなくてもいいんだぞ？」

「やだ」

間髪容《かんはつい》れずに答えれば「言うと思った」と苦笑された。

「サンキュ。んじゃ、とりあえず教室から捜すかー」

歩き出す燐のあとを、壱はついていく。

が、ふと窓越《ご》しに見下ろした中庭にルカの姿を見つけて足を止めた。

「壱？」

「あそこ、ルカがいる」

「本当だな。でもそれがどうしたんだ？」

「囲まれてる」

ルカを中心に、数人の女の子が集まっているのだ。

「ルカ、囲まれるの苦手なのに」

「そうなのか？」

「部活の勧誘《かんゆう》されたときに上手く断れなくて困ってた。燐、近くにいたんでしょ？　見てなかった？」

「ああ。俺と雨夜が着いたときはお前ら三人しかいなかったから」

言いながら、燐はルカを見つめる。そして不意に。

「……おい、壱。行くぞ」

「え？」

気づけば燐が走り出していて、背中がどんどん小さくなっていった。

「燐ー？」

慌てて、壱は燐を追いかける。


中庭へ来た燐は、ルカを中心に集まっている女子生徒たちへ真《ま》っ直《す》ぐに向かっていった。

「おい」

そう声をかけると、驚いたように全員が振り返る。

「そいつ、困ってんだろうが」

燐に睨まれて、女子生徒たちが怯《ひる》む。女の子を怖がらせるのは趣味ではない燐だが、困っているルカを助けるためであれば仕方ない。

女子生徒の向こうではルカが目を丸くしていたが、すぐに慌てたように一歩前へ出る。

「あ、あの、すみません、丹波先輩」

「何。つかお前もな、嫌なことは嫌ってちゃんと言えよ？　この前だって」

「この前……？」

「ハンバーガー。本当は違うもの頼むつもりだったんだろ。道貴に聞いたぞ」

「いや、あれは、一人違うものを頼むより同じものの方が、お父さんも作りやすいんじゃないかって思って……それに結局美味しかったし……じゃ、なくて」

首を左右に振って、ルカは脱線《だっせん》した話題を元に戻す。

「オレ、困ってないです。みんなオレに用事があって声をかけてくれただけで」

「えっ」

（マジか。つまり……）

困っているように見えたのは自分の勘違いだった、と。

「ごめん！　俺勘違いした！」

燐は慌てて、女子生徒たちに頭を下げた。

「い、いえ」

「本当に悪かった。ごめんな？」

女子生徒一人一人に謝る燐を、ルカは驚いたような、どこか感心したような、そんな表情で見つめていた。

「みんな、ありがとう。それじゃあ」

謝罪が終わり、全員が許してくれたあと。ルカに促される形で、女子生徒たちは校舎に戻っていく。

「ルカ、マジで悪かった」

「大丈夫です。すぐに謝ってたし、みんななんとも思ってないと思うんで」

「でも怖がらせただろ。最悪だ……」

「丹波先輩は怖い人じゃないって、オレからも伝えておきます。だって……壱先輩から、オレが人に囲まれるのが苦手って聞いて、ああ言ってくれたんじゃ……？」

「ああ。だったら助けてやんなきゃって、つい」

「ありがとうございます」

結局勘違いだったにもかかわらず、ルカは優しく笑ってくれた。

さらにルカは「あと、これ」と、何かを燐に渡《わた》してくる。受け取ったものを見た燐は、驚きの声を上げた。

「バイクの鍵！」

「よかった。やっぱり丹波先輩のだった。知り合いに、もし鍵が落ちてたら教えてほしいってお願いしてて。そしたら一人の子が見つけて、オレに渡しに来てくれて」

「そうだったのか」

じゃあさっきの女子生徒たちは——と思い至り、ますます、凄んでしまったことが悔《く》やまれる。

（というか……）

「お前、わざわざそんなことしてくれたのか……」

「でも、オレなんて全然役に立ててないです。結局人に見つけてもらったし」

「お前の人脈があったからだろ」

謙遜するルカに、燐はどこか居心地《いごこち》悪《わる》そうに頭を掻いた。

「……悪い、ルカ。俺、お前のこと誤解してた」

「え？」

「俺、元々お前の存在自体は知ってたんだ。入学したときから目立ってたからさ。多分俺とは住む世界が違うんだろうなーってずっと思ってて」

そんな先入観があったから、仲良くなれないかもと思っていた。——いや、仲良くなろうとしなかったのだ。

「だから、ごめん」

「……ふふ」

頭を下げる燐に、何故かルカは笑っていた。

「……なんだよ」

「あ、ごめんなさい。やっぱり、丹波先輩って優しいんだなって」

「は、はあ？　それはお前だろ」

「さっきも自分が悪いってなったら、誤魔化《ごまか》したりせずすぐに、しかも一人一人ちゃんと顔見て謝ってて……そういうところ、すごくいいなって。オレなんて、自分が悪いってなったら、わたわたした謝罪になっちゃうだろうから。オレ、丹波先輩のはっきり言えるところとか、尊敬してます」

まさか褒《ほ》められるとは思わなくて、燐は反応に困ってしまう。

「……つかお前、呼び方」

壱のことは壱先輩と呼んでいるし、雨夜のこともこの間名前呼びになった。それなのに燐のことは丹波先輩呼びだった。

「俺のことは苗字なわけ？」

「え、でも……いいの？」

「俺だけ違う方が嫌だっつーの。俺だってルカって呼んでるしな」

「はい。……あの、じゃあ、もう一つ、いいですか？」

遠慮がちながらもそう言われて、「何？」と燐は尋ねる。

「道貴くんが、丹……燐先輩と、仲良さそうにしてるの、オレもずっと羨ましくて……。

それで、助けようとしてくれたり、ちゃんと謝ったりする姿とか見て、オレ、その」

言いづらいことなのだろうか。やけに遠回しで、要領を得ない。

一体何を言いたいのかと、つい気持ちが急《せ》いてしまう。

「つまり、何が言いたいんだよ」

「だからその……友達に、なりたいです」

「…………へ」

ぱちくりと、燐は目を瞬かせた。

「オレは後輩だけど、同じ部員としてじゃなくて、友達になりたいって、思って、て……」

言いながら、ルカの声は小さくなっていく。勢いで言ったものの、どんどん自信をなくしていっているのだろう。

「……すみません、変なこと言って」

「何言ってんだよ」

「そ、そうだよね。ごめんなさ——」

「いいに決まってんだろ」

次は、ルカが「へ？」と聞き返す番だった。

「そんな風に言われて嬉しくないわけねーだろ。友達に歳《とし》なんて関係ねえしな」

「燐先輩……」

「それ、壱とか雨夜にも言ってやれよ。あいつら喜ぶぞ」

そんな話をしていたところで、ハタ、と燐は気づく。

「……壱は？」

ついてきていると思っていたのだが、姿が見当たらない。

ルカのことを気にするあまり、彼を置いてきてしまったのだと悟《さと》る。

「やべえ。壱を捜すぞ、ルカ！」

「捜すって……」

そんなに心配することもないのでは？　とルカの表情は語っている。燐だって、相手が壱でなければそんなことは思わなかった。

だが残念ながら、壱だから問題なのだ。

「あいつ、未《いま》だに学校でも迷子になるくらい方向音痴なんだよ！」

燐の様子から、嘘でもなんでもないと、ルカは理解したらしい。

「じゃ、じゃあオレ、こっちを」

「おう、頼む！　見つかったら連絡な！」

そう言って燐とルカは、二手に分かれて壱を捜すことになった。

――その後、燐とルカが壱を見つけ出したのは三十分後。何故か部室で、壱はすやすやと眠《ねむ》っていた。

そして、壱を捜すという同じ目的で協力したからか、壱が目を醒《さ》ました頃には、すっかり燐とルカは意気投合していたのだった。

その夜。スマホ片手に、壱は自室のベッドに寝転《ねころ》んでいた。

(いつの間にか燐とルカ、仲良くなってた。よかった。……でも)

五人が仲良くなって嬉しいと思うと同時に、壱は大きな課題を抱《かか》えていた。

「アカペラって難しいな」

昼休みに図書室へ行けなかった分、壱はスマホでアカペラについて調べていたのだが。

(みんな自分のパートを歌うのに一生懸命で、アカペラじゃない気がする)

少なくとも、舞斗たちのようなアカペラにはなっていない。かといって、ではどうすればいいのかは、調べても分からないでいた。

(難しいなあ。楽器を使わずに声だけでって、ただ歌えばいいってことでもないいんだなあ)

目を瞑って考えていると、スマホからチャットの通知を告げる音が聞こえてきた。

「あ、舞斗」

『オーッス。久しぶりにボイチャしねえ？』

今までのチャット画面を開くと、そんなメッセージが届いていた。

チャットを見返してみれば、最後にメッセージのやり取りをしたのが二週間より前——舞斗たちのアカペラを見に行ったあの日になっていた。

（アカペラ部のことばっか考えてて、あれから舞斗に連絡してなかった）

それまでは定期的に連絡を取り合っていたし、ボイスチャットだってしていたというのに。

「——あ、そうだ。舞斗に聞けばいいんだ」

スマホを操作した壱は『しよ』と返事をすると、起き上がってボイスチャットの準備を始めた。パソコンの置いてある机の前に座り、マイク付きのヘッドフォンを装着する。

『かけるね』

メッセージを送ると、ボイスチャットを繋《つな》いだ。

コール音がしばらく続いてから、舞斗が出てくれる。

『お前、さすがに早いって』

普段の壱であれば、舞斗からボイスチャットの誘いが来ても、まず返事に三十分はかかる。壱がゾウさんの実況《じっきょう》動画を観ていて、メッセージに気づかないことが多いからだ。

だからすぐにボイスチャットが繋がって、舞斗は驚いているらしかった。

『ビビったじゃ――』

「舞斗、アカペラのこと教えて」

『へ』

「燐から聞いてるよね。僕らがアカペラ部作ったこと」

『ああ。それは聞いてるけど』

燐が、アカペラ部を作ったことを舞斗に話した、というのは聞いていたため、壱は敢えて舞斗に連絡していなかった。壱が連絡不精《れんらくぶしょう》なのも理由である。

『なんだよ、まずはゆっくりどういう経緯《けいい》でとか、教えてくれるかと思ったのに』

「でも燐から聞いてるでしょ？　だから僕から言う必要ないかなって」

『そういうとこ、お前らしいな』

幼稚園の頃に出会い、舞斗の親の転勤で一時期は一緒に過ごせなかったが、その間もずっと連絡を取り合っていた。中学受験のタイミングで東京《こっち》へ舞斗が戻ってきてからは会う回数も増え、幼稚園以降学校こそ違うが、もう付き合いは十年近い。そんな舞斗だからこそ、壱の性格をよく理解している。

『ん～……どうすっかなー』

　顔を見なくても、舞斗がにやりと笑う姿が、壱の瞼《まぶた》の裏に浮かぶ。

『同じアカペラ部同士、つまりライバルだからな。ライバルにそう簡単に色々教えんのも――』

「じゃあいいや。ありがと、舞斗」

『待て待て待て！』

　壱がボイスチャットを切ろうとしたと察したのだろう。慌てたような声が壱の鼓膜《こまく》を震わせる。

『冗談だろ！　別に相談くらいいつでも乗るって』

「よかった」

　困っている人は放っておけない。それが舞斗だと、壱も長い付き合いで知っている。

「自分たちでなんとかなるかなって思ってたんだ。でも意外とアカペラ、難しくて」

『そりゃそうだろ。俺らだって苦労してんのに。……それにしても、はじめからそんなこと聞いてくるなんてな。よっぽど真剣なんだな、アカペラ部のこと』

「ん」

『アカペラ部作ってから、俺に全然連絡してこねえくらいだし』

「でも元々、そんなに頻繁に連絡してたっけ？　それこそ、ゾウさんの新しい動画が上がったら一緒に観ようって……あれ」

そういえばここ最近ずっと、ゾウさんの動画を観ていない。というより、情報もチェックすらしていない……？

検索してみれば、アカペラ部が設立されてから、もう五個も新しい動画が上がっていた。

（知らなかった……）

改めて壱は、自分の日常の大半をアカペラ部が占《し》め始めていると自覚する。

『ここで話聞くのもいいけど、実際歌ってるのを聴いた方が、こっちも的確に色々言えると思う。どっかで時間合わせようぜ。俺がそっち行ってもいいし、来てくれてもいいけど』

「ん」

舞斗に応えながら、壱はアカペラ部のグループチャットを開く。舞斗にアドバイスをもらえることになった、と報告しようと思ったのだ。

けれどその文章を送る前に、雨夜からメッセージが届く。

目を通した壱は、口元を緩ませた。

「僕たちがそっちに行くことになったみたい」

『ん？　それどういう意味……あっ』

舞斗も何かに気づいたような声を出す。同時に、スマホを操作する音が聞こえてきた。

どうやら向こうも向こうで、連絡を取り合っているらしい。

壱も、雨夜から送られてきた文章にもう一度目を通す。

『朝晴《あさはる》兄さんに相談したら、僕らのアカペラを聴いてくれることになりました。で、よかったら奏ヶ坂で合同練習しないかって。いいかな？』

燐や道貫がＯＫのスタンプを送り、ルカが『分かった。ありがとう！』と返している。

チャットのやり取りにも各自の性格が表れているのは、見ていて面白《おもしろ》い。

壱も、頷きのスタンプを返す。

『はじめのとこと俺らんとこで合同練習するって、今連絡来た』

「僕にも来たよ。雨夜、お兄さんに相談したって」

『あいつも弟思いなところあるよな』

「お兄さんのこと？　そうなの？」

『ああ。仲もいいみたいだしな。てか嬉しいな、合同練習って。そういうのするの初めてだ。しかもはじめや燐までいるなんてさ』

「うん。僕も楽しみ」

それからは最近学校であったことや、舞斗のバイト先でのことなどの他愛ない話をして、ボイスチャットを切った。ヘッドフォンを外す。

(舞斗たちと練習か。嬉しい)

舞斗たちの歌を聴いてアカペラを始めたいと思って。一緒にアカペラをしてくれる仲間ができて。そしてきっかけだった舞斗たちと練習ができる。

（すごいことばっかりだ）

毎日があっという間に、濃密《のうみつ》に過ぎていく。少し前の自分だったら考えられない。

「頑張るぞ」

みんなと一緒にアカペラをするためなら、疲れなど全く感じなかった。むしろドキドキとワクワクが止まらない。

壱は小さく拳を握り締めたのだった。

第三章　私立奏ヶ坂中学高等学校アカペラ部

音和《おとわ》高校アカペラ部の部員は五人。奏ヶ坂《かなでざか》中学高等学校のアカペラ部の部員は六人。計十一人の予定を合わせるのはなかなか難しく、結果、二校での合同練習は五月中旬《ちゅうじゅん》の金曜日となった。

「音楽室は……多分こっちかな？」

雨夜《さよ》の案内で、壱《はじめ》たちは奏ヶ坂中学高等学校の廊下《ろうか》を歩いていた。

「やっぱ私立って広いな。綺麗《きれい》だし」

「こういうところって、お掃除《そうじ》は生徒じゃなくて、お掃除担当の人が雇《やと》われてたりするんですよね」

「いいな。僕も掃除したくない」

案内を雨夜に任せている燐《りん》、道貴《みちたか》、壱はキョロキョロと校舎内を見回していた。

「あ、雨夜先輩《せんぱい》。音楽室、こっちみたい」

「本当？　……あ、あった」

ルカが指差した廊下の向こうに、音楽室のプレートが見えた。

「ルカ、来たことあるの？」

「ううん。ないけど、音楽室はちょっと奥まったところにあるから気をつけてって言われてて」

そんな話をしていると、音楽室の扉《とびら》が内側から開かれた。

「ちょうど、来る頃《ころ》だと思いましたよ」

そう言って顔を覗《のぞ》かせたのは――

「雨夜先輩⁉」

扉の向こうに立っている彼を見て、目を丸くしたのは道貴だ。

立っていたのは、背格好も、顔の造りも雨夜とうり二つの少年である。違《ちが》うところといえば、制服と髪《かみ》の分け目と、泣きボクロの位置だろうか。雨夜が左分けで左目の下に泣きボクロがあるのに対して、その少年は右分けで右目の下に泣きボクロがある。しかも雨夜のホクロは横並び、少年は縦並びである。

「僕の双子《ふたご》の兄さんだよ、道貴さん」

「話には聞いていましたが……！」

「どうぞ、入ってください」

道貴のような反応は慣れているのだろう。雨夜の双子の兄――宗円寺《そうえんじ》朝晴《あさはる》は、特に気にした様子もなく、微笑《びしょう》を浮《う》かべて五人を招き入れる。促《うなが》されて、壱たちは音楽室へ足を踏《ふ》み入《い》れた。

校舎同様、音楽室も綺麗な造りになっている。二クラス、いや、三クラスは余裕《よゆう》で入れてしまうかもしれない広さは、十人前後で練習するにはなんとももったいない。

「うぉぉ……格差感じる……」

なんて呟《つぶや》くのは燐である。

「それでは改めて――ようこそ、私立奏ヶ坂中学高等学校へ。私は宗円寺朝晴。奏ヶ坂の生徒会長であり、アカペラ部の設立者、そして『FYA'M'』《フェイム》のバンドリーダーを務めております」

「バンドリーダー……僕ら決めてないね」

「いや、それは部長のお前だろ、壱」

「え」

「朝晴兄さん、アカペラ指導を引き受けてくれてありがとう。今日はよろしくお願いします」

壱と燐がこそこそ話している間に、雨夜が挨拶《あいさつ》と共にお辞儀《じぎ》をした。

「部長の鈴宮《すずみや》壱と、丹波《たんば》燐。二人のことは前から話してたから知ってるよね。それで、こちらの二人は後輩《こうはい》の雁屋園《かりやぞの》道貴さんと、四方《しほう》ルカさん」

「弟がお世話になっているようで。ありがとうございます」

「いや。こちらこそ。俺らもいつも雨夜には本当に世話になってて」

「「よろしくお願いします」」

燐が慌《あわ》てて続けて、道貴とルカも頭を下げる。

その横で、壱はじっ、と朝晴を見つめていた。

雨夜と朝晴が、そんな壱に気がつく。

「壱も、兄さんに会うのは初めてだよね」

「ん……」

野外ステージで顔は直接見ているし、雨夜から写真を見せてもらったことも何度かある。

けれど会うという意味では初対面に間違《まちが》いない。

（……やっぱり）

「私の顔に何か……ああ、雨夜君とそっくりで驚《おどろ》いてますか？　ご存じの通り、私たちは双子なので」

「じゃなくて。写真でも見たことあったけど、やっぱり僕、晴さんの顔の方が好み」

「は？」

「晴さんの、顔面の、造りが、好き」

聞こえなかったのか、聞き返されてしまった。

「……聞こえなかったから問い直したわけではないので、丁寧《ていねい》にはっきり言い直さなくて結構ですが……」

「あ、そうなんだ」

「壱、お前まだそれ思ってたんだな」

呆《あき》れたように燐が言う。

「まだってことは、燐先輩と雨夜先輩は知ってたんですか？」

「前に、雨夜に写真見せてもらったときから言ってたよな」

「言ってたね」

ルカに答える燐の横で、雨夜がクスクスと笑う。

「雨夜君と私は、ほぼ同じ顔ですよ？　なぜ私の方がになるんです？」

「顔は似てるよ。似てても、雰囲気《ふんいき》違えば顔も違って見えるんだってば」

「似てるのに？」

「同性異性関係なく、好みの顔ってあるじゃん。それだと思ってよ」

「はあ……」

壱としては本心をしっかり説明したつもりなのだが、朝晴の返事は曖昧《あいまい》だ。

「……もしかして、言われて嫌《いや》だった？」

心配になって尋《たず》ねたが、逆にそれが朝晴をさらに困惑《こんわく》させたらしい。

「あ、いえ。なんというか、どうもありがとうございます、としか……」

浮かべる笑《え》みはそのままに、けれど眉尻《まゆじり》を下げている朝晴の背後で、思いきり噴《ふ》き出《だ》す声が聞こえてきた。

壱たちが顔を向ければ、カーディガンを着た男の子が腹を抱《かか》えて笑っている。

「光緒《みつお》、やめろって」

舞斗《まいと》が止めようとしているが、彼の顔も笑いをこらえるのに必死だ。

「だって……あっは……！　はるさんが動揺《どうよう》してるの、オレ、初めて見たですよっ」

光緒と呼ばれた彼は、笑いながらスマホを取り出すと、スキップするように軽い足取りで朝晴の隣《となり》へ並ぶ。その動きで、胸元《むなもと》のグレーのリボンと、制服につけられたフリルが揺《ゆ》

れていた。他のみんながネクタイをつけ、シンプルな紺色《こんいろ》のシャツを着ていることから考えるに、自分でアレンジしたらしい。

普通《ふつう》の男子高校生だったら浮いてしまう格好だが、色白で可愛《かわい》らしい容姿の彼には全く違和感《いわかん》がない。

「超激《ちょうげき》レア！　写真撮《と》っておけばよかったかもよー。というか今からでもいいです？」

「やめてください」

向けられたスマホを、朝晴が上から押さえつける。

「楽しんでいただけて何よりです。それより、貴方《あなた》も自己紹介《しょうかい》なさい」

「はぁい」

おとなしくスマホをポケットに片づけた彼は、壱たちに向き直る。そしてくるん、とその場で一回転した。だぼっとしたカーディガンの裾《すそ》がふわりと浮く。ズボンのベルトにつけられたパンダのマスコットも一緒《いっしょ》に踊《おど》っていた。

「可愛いを、ぎゅっと濃縮《のうしゅく》一〇〇%！　綾瀬《あやせ》光緒こと、あやあやでーすよ。よろしくお願いしまぁす」

アイドルさながらの自己紹介は、彼――綾瀬光緒によく似合っていた。

「はー……なんつーか、うちの道貫みたいなタイプが、こっちにも」

可愛らしい顔の造りだったり、身長や体格が似ていたりすることから、燐は光緒をそう判断したらしい。驚き半分、感心半分の表情を浮かべていた。

「あ、僕らは――」

慌てて雨夜が自己紹介しようとしたが、光緒はにこっと笑う。

「自己紹介しなくていいですよ。さっきはるさんに挨拶してたの聞いてましたし、あらかじめ写真見せてもらってたし。じゃ、これでオレの自己紹介は終わりですねー」

そう言って笑った光緒の表情が――すっ、と真顔になった。雰囲気と態度が一変する。

「てことで明《あきら》。オレとみんなにジュース買《か》って来て。君のセンスで」

「ジュースのセンスとか、悩《なや》むこと請け合い過ぎんだろ！」

反射的にツッコミを入れる燐を、ちら、と光緒は一瞥《いちべつ》する。けれどすぐに、ツン、と顔を背《そむ》けた。

見た目は変わらないのに、表情や動きだけでこうも印象が一瞬《いっしゅん》で変化するものなのか。

「見た目と中身の振《ふ》り幅《はば》……！　ギャップ以前の問題じゃね!?　つかいきなりどうした！」

「自己紹介終わったんでー」

「逆に自己紹介したらもういいのか!?」

燐に答える光緒のこっちの姿が、どうやら素であるらしい。

（道貴と違う……！）

道貴は見た目と中身の印象が一致《いっち》するが、光緒はそれが逆だった。

「これが、うちの可愛い担当なのよ。これはこれで味わい深いよね」

壱がそんなことを考えていると、別の男子生徒が前に出てきた。

さらりとした黒髪《くろかみ》と柔《やわ》らかな雰囲気が特徴《とくちょう》の少年である。端整《たんせい》な顔に浮かべた笑みが爽《さわ》やかだ。

「ちなみに今頼《たの》まれた明が俺ね。紫垣《しがき》明、よろしく」

「明くんっ」

「ルカちゃん、いらっしゃい」

表情を輝《かがや》かせるルカに、柴垣明はひらっと片手を振った。

明がルカの友達である――と壱たちが教えてもらったのは、合同練習をすると決まった翌日のことだ。ルカが宗円寺兄弟のことを知っていたのも、明経由でらしい。

ちなみに「どうしてもっと早くにそのことを教えてくれなかったの？」と壱が訊《き》いたら、

「機会がなかったというか、オレのこんな話興味ないかなと思って……」とルカは返事をした。そんなわけはないのだが、ルカはまだいまいち、その辺りに自信がないままだ。

「まさか君までアカペラ始めるとは驚きだけど、一緒なの嬉《うれ》しいよ」

「うん、オレも嬉しい。こんな風に何かを一緒になんて、小学校のクラブ活動ぶりだよね」

「そうだね。それにしても、そっか、君たちが……」

明は自分の顎《あご》に指をかけ、壱たちを何やらそれぞれ見つめてきた。それはまるで、どこか吟味《ぎんみ》するような瞳《ひとみ》だ。

壱は気づいていなかったが、燐と雨夜、道貴は、そんな明に身構えていた。ルカの仲間に相応《ふさわ》しいかどうかチェックしているのかもしれない、と思ったからだ。

壱はそんな三人に気づかず、純粋《じゅんすい》な疑問で首を傾《かし》げる。

「僕たちが、何？」

「ルカちゃんに聞いてはいたし写真も見たことあるけど」

腰《こし》を曲げるようにして壱に顔を近づけた明は――不意に相貌《そうぼう》を満面の笑みに崩《くず》した。

「やっぱりリアルはすごいね！　国宝級イケメンと国民的弟みたいに可愛いが勢揃《せいぞろ》いって、大迫力《だいはくりょく》よっ」

嬉しそうに明は壱の肩《かた》を叩《たた》き、それから燐、雨夜、道貴と、各々《おのおの》の周りを歩き出した。

「ね、練習後にみんなで女の子たちと遊ばない？　もしくは、街を歩くだけでもいいよ。みんな、間違いなく喜んでくれる！」

困惑する壱たちを無視して、明は何やらテンションが高い。

「ルカ、これ何言ってるの？　どういう意味？」

「えっと……明くんは、女の子を笑顔《えがお》にすることが好きらしくて……」

壱へルカが答えている間に、光緒が音もなく明の横に回った。

「歩いてるだけで女の子の満面笑顔が見られるなんて、最高に贅沢《ぜいたく》な時間だと――いったー……!?　足に特大の辞典でも落ちたかのような痛み!!」

涙目《なみだめ》で足を押さえる明を、光緒が見下ろす。

「わぁ、ごめんなさーい。オレ、可愛いだけじゃなくてスタイル抜群《ばつぐん》で、足も長いんですよ。立ち位置変えようとしたら、ついうっかり踏んじゃった。あとオレの話聞いてたですか？　ジュース買って来てって言ってんですけど？　とっとと行きやがれですよ？」

「いやでも、もうちょっと話を――」

「あーあ、ざーんねん。今すぐ行ってくれたら、兄貴の写真見せてあげたかもしれないのに」

（兄貴？）

なんて壱が考えていた目の前で、明は突如《とつじょ》姿勢を正すと、額に右手を添《そ》えた。

「はいっ光緒様、喜んで！　そこの自販機《じはんき》にダッシュで行ってきます！　じゃあ、そういうことだから俺は一旦《いったん》抜《ぬ》けるね！　みんな練習頑張《がんば》って！」

早口で捲《まく》し立《た》てたと思ったら、明は扉を開けて颯爽《さっそう》と音楽室を出て行った。

勢いに呑《の》まれてその姿を見送ってしまう、音和高校の面々。ルカなんて特に、友達のあんな姿に驚いているようだ。

「……なあ」

ぽかんとしていた燐が、光緒に声をかける。

光緒は燐と目が合うと、

「ドアは閉めてけ、ですよね」

と、可愛らしく笑った。

「お、おお……おー……お？　いやなんかすげえなお前……」

「はい、光緒君すごいです！」

呆然《ぼうぜん》とする燐とは対照的に、道貴が目をキラキラさせた。

「堂々としていて、思ったことをはっきり言えるところ、素敵《すてき》です！」

「ふぅん？」

道貴が嘘《うそ》をついていないと分かったらしい。褒《ほ》められて悪い気はしないのか、袖《そで》で口元を隠《かく》しながら、光緒が目を細める。

「みちたか、分かってるじゃねーですか。オレと同じぐらい可愛い相手が出て来ようとは！　ライバル登場！　とか思ってたのに。そういう感じなら、仲良くなりたいかなー」

「ありがとうございます！　でもあのっ、ボクがライバルだなんてとんでもない！　光緒君は本当にかっこよくて、憧《あこが》れるというか……！」

「はあっ⁉」

嬉しそうな笑顔から一転。光緒がぎょっとしたような表情になる。

「オレのどこが、かっこいいになるわけ⁉」

「存在そのものです！　ボク、光緒君みたいな男になりたいです！　一生ついていきます！」

「ついてこなくていいし、オレは『かっこいい』じゃなくて『可愛い』なの！」

「可愛いだけじゃないなんて、『天は二物を与《あた》えず』は嘘ですね！」

「はるさん！　こいつ人の話聞かない！」

「知りませんよ。自分でどうにかなさい」

朝晴に一蹴《いっしゅう》されてしまい、光緒はぷい、とそっぽを向く。

「ん、話終わった？　お兄さんの写真って何。明、なんで光緒の言いなりなの」

「どいつもこいつもマイペース過ぎですよ……」

気になっていたことを壱が質問すると、光緒がハア、と息を吐《つ》く。

「……オレの兄貴、小説家なんです」

「思い出した」

光緒が言ったのを聞いて、ルカは合点のいくところがあったらしい。

「うん、明くん言ってたよ。大ファンの、小説家の弟さんが同学年にいるって。でもその小説家、顔出しＮＧでね？　だから明くんも、無理に挨拶したいとかはないらしいんだけど、『遠くからでもいいからぜひご尊顔を拝ませてください！』って頼んでるって。そのために、少々のお願いなら聞いてあげてるとも言ってて……」

「今のは少々か？」

「明くん、すごく楽しそうに話してたから……本人にしてみたら『少々』なんじゃないかな」

「そうそう、同級生の楽しいスキンシップですよ」

眉間《みけん》に皺《しわ》を寄せる燐に、光緒は悪びれない。

――と。

「天誅《てんちゅう》！」

開けっ放しだった扉の向こうから、低い怒声《どせい》と、パシンッ！　と何やら鋭《するど》い音が聞こえてきた。

「いったー……！　な、なんで俺、またファイルで引っ叩《ぱた》かれた⁉」

「それを今から徹底的《てっていてき》に教えてやる！　この歩く万年風紀違反《いはん》が！」

さらに明の声もする。どうやら怒《おこ》られているのは彼らしい。

「……廊下の奥で、何かしらのバイオレンスが発生してんだが？」

「オレ、ちょっと見て来るよ」

明を心配して、ルカが音楽室を出ようとする。

「心配すんな。あれはいつものことで、奏ヶ坂名物の一つだ」

すると舞斗が、笑いながらルカを制止した。

「え？　えっと……」

「ルカ、道貫も。僕の幼馴染《おさななじみ》の、是沢《これさわ》舞斗」

名前が分からずに戸惑《とまど》うルカへ、壱が舞斗を紹介する。舞斗のことは奏ヶ坂へ来る前に、簡単に説明してあった。

ちなみに舞斗は、壱とは幼馴染、燐とはバイト仲間、雨夜とは顔見知りという関係である。三人で、舞斗がシフトに入っている時間帯にファミレスへ行ったことが何度かあるからだ。

「よろしくな」

舞斗も光緒たちと同様、朝晴からみんなの名前は聞いていたらしい。そのため、道貴とルカへの挨拶は簡略的だった。

「いつ話しかけてくんのかと思ったぞ」

「その前に色々始まったからさ。タイミング失うっつの」

「それで、大丈夫《だいじょうぶ》なの？」

笑い合っている燐と舞斗に、壱が口を挟《はさ》む。

「ああ。何が起きてんのかも、すぐに判明すんぜ」

そう舞斗が言った直後、髪を後ろで一つに束ねた男子生徒が音楽室に顔を覗かせた。

「朝晴殿《どの》、すまないが、俺は今回参加できん。こいつを縛《しば》り上《あ》げて、下駄《げた》箱にでも吊《つ》るしてくる」

彼の手には、襟首《えりくび》を摑《つか》まれてぐったりしている明がいた。

「明くん!?」

友達の憐《あわ》れな姿にルカが悲鳴を上げる。

「あ、あああ、あれ、大丈夫!?」

「いつものことだから。ほんとに」

青い顔をするルカに、舞斗が苦笑《くしょう》している。特に気にした様子がないということは、舞斗にとって見慣れた光景なのだろう。明がぐったりしているのも、抵抗《ていこう》を諦《あきら》めたから、という風にも見えた。

「では、俺はこれで」

音楽室を出て行こうとした彼は、だがそこで一旦動きを止め、壱たちに顔を向けた。

「ああ、そうだ。自己紹介がまだだったな。俺は猫屋敷由比《ねこやしきゆい》、アカペラ部の一員であり風紀委員でもある。邪魔《じゃま》をしてすまなかった。その分、今から有意義な時間を過ごしてくれたまえ！」

猫屋敷由比と名乗った彼は、明を引きずって音楽室をあとにした。律儀《りちぎ》に扉も閉めていってくれる。

しばらく、遠くから明の悲鳴らしき声と、由比の怒声がしていたが――すぐに、聞こえなくなった。

「ほらな」

「何が『ほらな』、なのか分からない……」

「慣れてる感じが、本当にいつも通りなのかも、です」

呆然とするルカを元気づけたいのか、道貴が言った。

「お二人は仲良しなんですね」

「……かな？」

ルカも、そう言われれば、といった感じに頷《うなず》く。

「電話では彼の話題も何度も出てるし、明くん、毎回楽しそうに話してたし……」

「オレとしては、ジュースが手に入らなくて超絶《ちょうぜつ》不満なんですけどー？」

めいめいの反応をしていると、朝晴がパン、と手を打った。

「さあ、余談はここまでにして、そろそろ始めましょうか。まず、五人の歌声を――」

「ちょっと待てよ、宗……いや、それだと雨夜と呼び方被《かぶ》るか」

「雨夜君を呼ぶのと同じく、名前で構いませんよ。私もそうさせてもらいますので」

「そうか？　じゃあ朝晴。普通に始めようとしてるとこ悪いけどな」

うん、と壱も頷く。

「そこにもう一人いるじゃん。なんで放置したまんま？」

そう。壁際《かべぎわ》にはずっと、気配を消すように男子生徒が立っているのだ。長い前髪《まえがみ》で、彼がどんな表情をしているのかも分からない。

「深海《しんかい》ふかみさんでーすよ。目が合うとすっごい緊張《きんちょう》しちゃうから、この距離《きょり》感でーす」

「しゃべりにくくね？」

「しばらくすりゃ慣れる。俺らとも、最初はこんなもんだったぜ」

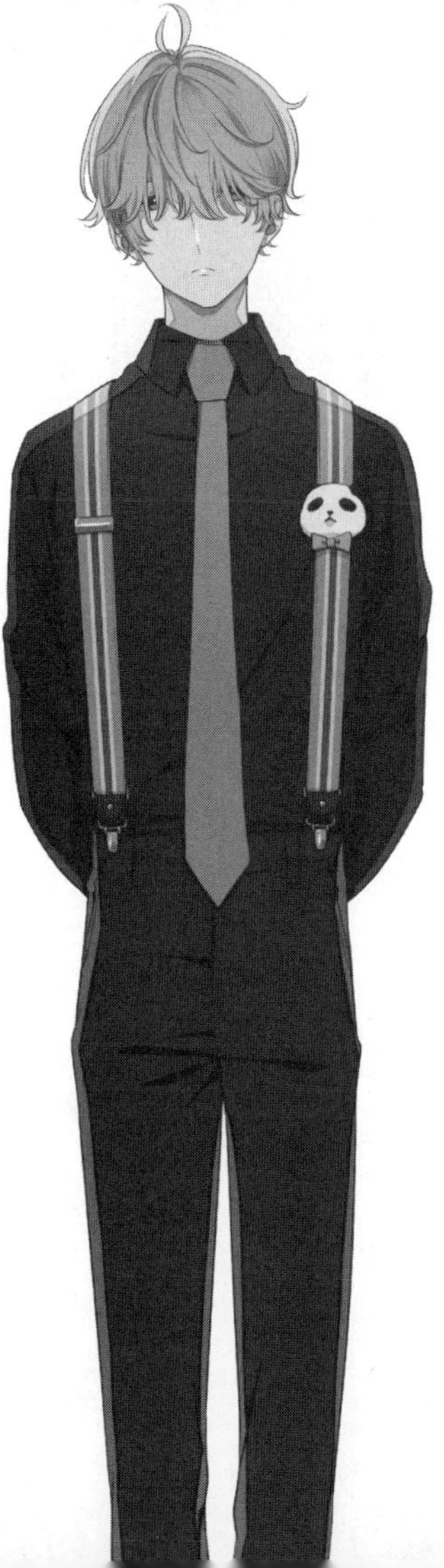

「うん……ぼくは気にしないで……。ここで、みんなの空気……感じてる……」

光緒と舞斗に続いて、深海ふかみは小さく首を縦に振った。

「空気を感じる？」

聞き返すのは雨夜だ。

「五人の空気が……歌って、どうなるか……とか」

「もしかしてふかみさんは、オーラ的なものが見えるのかな」

「……感じるのは、空気……。今も……ふわふわしてる。みんなそれぞれ違うの、いいと思うよ」

へえ、と雨夜が呟いた。興味をそそられる話だったらしい。

ふと壱は、ふかみと目が合った——ような気がした。前髪で顔の半分が隠れているので、それは壱の勘違《かんちが》いかと思ったけれど。

「とくにきみ……鈴宮さんは、独特」

「ん、褒めてくれてありがと」

「うん……」

勘違いではなかったらしい。壱が言えば、ふかみの唇《くちびる》の両端《りょうはし》が柔らかく持ち上がった。

「ふぅん……？　いきなりふかみんに気に入られるなんて、すごくなーい？」

よほどのことなのだろう。好奇心《こうきしん》を刺激《しげき》されたのか、光緒はジロジロと壱を見上げてくる。……その瞳に少し棘《とげ》があるような気がするのは、果たして気のせいなのか。

「歌、楽しみ。早く聴かせてくださーい」

「これまで歌ってんのあんだろ？」

「カバー曲をね。好きな曲から始めるのはとっつきやすくて楽しいし、アカペラを始めるときは大体カバー曲からってネットにあったんだ」

「歌ってみて、アカペラっぽくなったです？」

舞斗に答えた雨夜の言葉を聞いて、光緒が尋ねてくる。道貫が首を横に振った。

「……なりませんでした。それぞれがただ歌ってる、みたいな感じで……」

「想像はつきますが、まずは練習していたカバー曲を聴かせてください」

朝晴に手で、前に立って並ぶよう示された。

「ん」

いつも練習しているように五人で並ぶ。

「……人がいるってなると、ちょっとドキドキすんな」

ぼそりと燐が呟いた。

見れば、道貫はそこまでではないが、雨夜と、特にルカが目に見えて緊張している。

大丈夫？　と壱は訊こうとするが、

「それでは、始めてください」

そう、その前に朝晴に言われてできなかった。

「じゃあ、いくよ。せーの」

壱の声を合図に、五人は歌い出した。

五人が歌い終えると、まず口を開いたのは朝晴だった。

「……なるほど」

「兄さん、どうだった？」

緊張気味に雨夜が訊く。

「それぞれのポテンシャルは悪くないですよ。音感が良く、歌の上手《うま》いメンバーが集まっているのも幸いですね」

微笑を浮かべる朝晴に、雨夜がほっと胸を撫《な》で下《お》ろした。

「ただし雨夜君。貴方の歌は優等生すぎる」

「え？」

「粗削《あらけず》りでも、もっと自分の魅力《みりょく》を観客に伝えるイメージを持ちなさい。それから声量が周りと比べてやや弱いですし、ロングトーンもブレがちです。これは、腹筋を使うことを意識するといいでしょう」

「はいっ、兄さん」

朝晴が言い出したのをきっかけに、他の面々も口を開き出す。

「はじめはさ。上手いんだよ、マジで」

「舞斗」

「ただ、そこが問題。ソロの歌手じゃねえのに、コーラスんとき、主役を食っちまってどうするよ。もうちっと周りに合わせろや」

「合わせる……」

「燐は、周りの音に釣《つ》られて音程がズレてんぜ？　伴奏《ばんそう》のあるカラオケと違って、和音を作るってのはピンとこないかもしれねえけどよ。これぱっかりは、基礎《きそ》練習から丁寧にやって慣れてくしかねえな。あとは、釣られるフレーズだけ取り出して練習するのも大事だって覚えとけ」

「分かった。サンキュー」

「みちたかは声量あるし、声に安定感もあるですよ。周りを見て合わせられる、バランサーとして必要不可欠な存在って感じ？　でも周りが崩れ始めると、自分のパフォーマンスも崩れるのがねー。人の緊張が伝染《うつ》るタイプみたいだし、そこも要注意でーす」

「は、はい……！」

「四方さんは……合わせるのを優先しようとして、前に出られないまま……」

ふかみに指摘《してき》されて、ルカが「うっ」と声を上げるのが聞こえた。

「ソロでも、目立つの……苦手みたいだね。そういうとき、自分でも……違和感、覚えてるみたいだ。空気が……重くなってる……」

「……はい」

ふかみの言う通り、肩を落としたルカの周りには、見えなくともズン……とした空気があるようだった。

四人からの指摘は、返す言葉もないほど明確だった。

だからこそ壱たちは揃《そろ》って溜《た》め息《いき》を漏《も》らす。

「溜め息をついている暇《ひま》などありませんよ。以上を踏まえ、もう一度です。声が楽器だと意識するのも忘れずに」

「楽器ねえ……。できっかな」

「できるかどうかではなく、やりなさい。やれないなどと思っていては、いつまで経《た》っても上達しません」

正論は、遠慮《えんりょ》なく壱たちの胸に突《つ》き刺《さ》さる。

朝晴も、舞斗も光緒もふかみも、一切《いっさい》オブラートに包まなかった。だからこそ、壱たちのやる気に火がつく。ここまでしてくれている相手には、きっちりと応えなければと思った。

「兄さんの言う通りだね。次は注意された点に気をつけながら、歌ってみようか」

「それでは、もう一度どうぞ」

(周りに合わせる。合わせる――)

先ほどの舞斗の言葉を思い返しながら、壱はすう、と息を吸った。

何度か歌っていく内に緊張も解けていき……その瞬間《しゅんかん》は、突如訪《おとず》れた。

(――あ)

パート通りにただ音を重ねるだけだった声が、ようやく一つの歌に。舞斗たちと似ているような、でもどこか違う、自分たちならではのアカペラになった――ような気がした。

それは他のみんなも感じたようだ。全員の表情が変わる。

しかしそれはずっとは続かず、結局また、元に戻《もど》ってしまった。そのまま歌が終わる。

(でも絶対、今)

「今のは、わりとよかったんじゃね？」

「でーすよ。指摘したばっかりの初回でここまでやれるなんて、大したもんじゃないです？」

肩で息をする壱たちに、舞斗と光緒が言う。

「自分たちでも、違うって感じられたですか？」

「感じた……！」

壱にしては珍《めずら》しく、応える声が弾《はず》んでいた。

「一瞬とはいえ、マジで楽器みたいに聞こえたよな！　こんなんなったの、初めてだぞ！」

「さすが兄さん、的確な指導をありがとう」

「いいえ」

喜んでいた雨夜は、けれどすぐに形のいい眉《まゆ》の尻《しり》を下げた。

「……でも上手くできたからこそ、ハモりは難しいって実感するね」

「はい……」

頷くのは道貴だ。

「みなさんと、カラオケでデュエットしたりは何度もあります。そのときは上手に歌えたのに……アカペラでハモるのとは、全く違うんですね」

「そこに気づけたのであれば、上達しますよ。これからも合同練習はするつもりですしね」

「え？　してくれるの？」

「おや、嫌ですか？」

朝晴の聞き方は、壱たちがそんなことを思うわけがないと分かっているようなそれだった。そして実際、嫌なわけがない。

「嬉しい。ありがとう、晴さん」

「僕たちは嬉しいけど、自分たちの練習もあるのに大変じゃない？　特に兄さんは、生徒会も家の仕事もあるし……」

「私たちはスタンドプレーが多いんです。部活日だろうと用事があるから休みたいという場合、基本、認めていますので、ご心配なく」

そう言われてみれば、由比だって今日参加していない。明がつれていかれたのも、みんなスルーしていた。

「おい、はじめ。だからって、俺らがアカペラに力を入れていないとか誤解すんなよ。個々のスキルが高いから、やるべきことをやってるから、頻繁《ひんぱん》に集合しなくてもいいってスタンスでいんだぜ？」

ふふん、と舞斗が胸を張る。

「さすが舞斗」

「そんだけかよ！　もっとこう、ライバル視するとかねえの⁉」

「壱がお前らをライバル視するタイプじゃないぐらい、幼馴染の舞斗が一番よく知ってんだろ？」

「そうだけどさ」

燐に言いながら、ちぇ、と舞斗は唇を尖《とが》らせた。

「つかすげえ自信だな。みんな同じ考えなわけ？」

「自信なく過ごしてどーするですか。自信ないまま歌ってんなら、とっととやめちまえ、でーすよ」

光緒は、ころころと可愛らしく笑う。だがその見た目に反して、言うことは辛辣《しんらつ》だ。もちろんそれこそ、彼の自信の表れでもある。

「さすが……」

光緒の見た目と考え方のギャップに燐が苦笑している横で、ルカが目を伏《ふ》せていた。

（ルカ？）

そういえば歌い終わってから、ルカが全然発言していないことに壱は気づく。

「……続けたら、オレもキミたちみたいに自信をつけられるかな……」

独り言だったのか、違うのか。だがルカのその呟きを、光緒はしっかり聞き取っていた。

「そこはオレに聞かれてもー。ルカルカの練習はルカルカがするもので、オレがするもんじゃねーです」

「うん、そうだね」

光緒からの正論に、ルカは納得《なっとく》したようだ。

「とはいえ。個々であろうとなかろうと、私たちも練習があります。毎回付き合えるわけではないですが、可能な限りスケジュールの調整はしましょう。それでいいですか？」

「ん、それでも充分《じゅうぶん》だよ。ありがと。晴さん、顔だけじゃないね」

顔も、性格もいい。壱はそう褒めたつもりだった。

対して朝晴は、なんとも言えない顔をしている。

「壱君の中の私は、いったいどういう人間になっているんです……」

「ふはっ……！」

ぼやいた朝晴に、雨夜が思いきり噴き出した。

それが燐や舞斗、光緒だったら、みんななんとも思わなかっただろう。しかしいつもは落ち着いている雨夜が噴き出したものだから、壱たちは驚いてしまった。

「……雨夜君までなんですか」

それは朝晴も同じだったようで、肩を震《ふる》わせている雨夜に言う。

「ご、ごめん、なさい。さっきはギリギリ堪《た》えられたんだけど……僕も、兄さんがそんな風に面食らってるの初めて見たから……っ」

必死に笑うのをやめようとしている雨夜だが、なかなか上手くいかないらしい。口元を手で隠して、しまいには朝晴たちに背を向けてしまう。

「……今回は許しますよ」

雨夜の真面目な性格を知っており、また、彼《弟》には甘い朝晴は、怒ることもせず、そう言って肩を竦《すく》めた。

「とにかく、次までに今日の練習を繰《く》り返《かえ》してください。基礎ができてないのも間違いないのですから、毎日の発声練習も忘れずに」

「ん」

「ふかみんも何か言ってあげたら？」

「え……？」

光緒が、壁際に立ったままのふかみを振り返った。

いきなり話を振られてふかみは驚いたようだが、しかしすぐに言葉を探す。

「……歌ってるとき……空気が綺麗に一つになって……五人、包んでた」

「おー……？」

褒めてくれたらしい、というのはふかみの雰囲気から分かるが、具体的にどういうことなのかがいまいち摑めなかったようで、燐が首を傾《かたむ》ける。

「まとまりがあってよかった、だそうでーす」

そんな二人に、光緒が解説を入れてくれた。

「お、そうなのか。ありがとなっ」

「ありがと」

燐と壱に笑いかけられて、前髪の隙間《すきま》からふかみも笑顔を覗かせた。

「……また聴けるの、楽しみにしてる……」

――――こうして、都立音和高校アカペラ部と私立奏ヶ坂中学高等学校アカペラ部の、合同練習が終わったのだった。

「じゃあね、道貫、ルカ」

奏ヶ坂からの帰り道。壱、燐、雨夜の三人は、壱を家まで送るために帰っていった。

「お疲《つか》れ様《さま》でした！」

「また明日」

道貫とルカは、夕日の中、並んで帰っていく三人の背中をしばらく見送ったあと、ゆっくりと歩き出す。

「今日は疲れましたね」

「うん。でも道貫くんは全然そんなことなさそうですごいよ。オレなんてもう声が……」

「ボクも今日はさすがに喉《のど》が痛いですよ」

喉を押さえて苦笑する道貫だが、その顔は満足げだ。

「今日はすごく充実《じゅうじつ》した日でした」

普段《ふだん》がつまらない、というわけではもちろんない。壱たちとアカペラ部で活動を始めて、みんなで歌う日々は楽しい。

だが今日はその楽しいに加えて、自分たちがどんどん上手くなるのを感じた。

「道貴くんの上達、早かったよね。聴いててすごいなって思った」

「それはルカ君もじゃないですか。明君……でしたっけ。ルカ君の歌、せっかくだから聴いてほしかったですね」

「うん。でもまた次があるから。それにしても大丈夫だったのかな……」

「どうでしょう……？」

結局明が音楽室に戻ってくることはなかった。由比が下駄箱に吊るすと言っていたので、帰る間際《まぎわ》に一応いないか覗いてみたが、姿はなかった。解放されて先に帰ったのか、それとも別の場所でお説教をくらっているのか。

「あとで明くんに連絡《れんらく》してみる」

「ですね、それがいいと思います」

そんな話をして歩きながら、「そういえば」と道貴が口を開く。

「ルカ君、明君とすごく仲良しなんですね。明君と話すときのルカ君、とっても楽しそうでした」

自分もルカとは随分《ずいぶん》と仲良くなったと思っていた。けれど明に対するルカを見ていたら、親密度はまだまだらしいと気づかされてしまった。

「そうかな？　連絡は取り合ってるけど、最近はあまり会ってなかったんだよね。……でも、だからこそ一緒に練習できて嬉しいって気持ちが、顔に出ちゃったのかも？」

「はい、出てました」

「なんだか恥《は》ずかしいな……」

「小学生のときからのお友達なんでしたっけ」

「うん。小学生のときにクラスが一緒になってね。明くん、あのときからすごく堂々とした性格で、いつも人に囲まれてて……羨《うらや》ましくて。オレ、明くんに憧れてるんだ。あんな風になりたい」

そう話すルカの横顔からは、彼がどれだけ明を好いているかが伝わってくる。

「……って、ごめん。オレの話ばっかりになっちゃって」

「ボク、ルカ君の色んな話聞きたいです！　というかボクだけじゃなくてみんな思ってますよ。壱先輩だって、明君のことどうしてももっと早くに教えてくれなかったのって言ってたじゃないですか。だからもっと、色々話してください」

「ありがとう」

「明君みたいになりたいってことは……だからアカペラ部に入ろうって思ったんですか？」

「少しは、そんな気持ちもあったのかもしれない。壱先輩にアカペラ部って言われたとき、明くんの顔が浮かんだのは事実だし。でも……」

ルカが、優《やさ》しく双眸《そうぼう》を細める。何かを思い出しているかのようだ。

「壱先輩が、自信つけるの手伝うって言ってくれたでしょ？　それが大きいかな。壱先輩の言葉って、真《ま》っ直《す》ぐ届くんだよね」

「分かります！　壱先輩に言われると、なんかこう、響《ひび》いてきますよね！」

「だから、壱先輩だったら本当に、オレに自信つけてくれるんじゃないかって。アカペラ部に入ったら、明くんみたいに自信の持てる自分になれるんじゃないかって、そう思ったんだ」

話していく内に熱が入ったのだろう。ルカの口調は、いつもに比べて熱かった。

それは、ルカがどれだけ自分を変えたいと思っているかの表れでもあった。

しかし彼はすぐに、そんな自分に気づいて咳払《せきばら》いする。

「……道貴くんは？　アカペラ部に入ったの、新しい自分が見つけられそうでって言ってたけど。見つけられそう？」

語ってしまったことが恥ずかしいのか、ルカはそう話題を変えてきた。

「そうですねぇ……」

歩いている間に夕日は完全に沈《しず》み、辺りは暗くなっていた。街灯でできた二人分の影《かげ》を、道貴は見つめる。

道貴の影は、頭一つ分、ルカより小さい。

「ボク、かっこよくなりたいんです」

「壱先輩にかっこいいって言われたのが嬉しかったって、言ってたね」

「はい。ボクずっと可愛いって言われてて……。小学生のとき、自分より可愛い男の子は嫌《いや》って、女の子が話してるの聞いちゃって。それ、ボクのことで」

中学生になっても、高校生になっても、身長は思ったより伸《の》びなかった。声も、昔に比べたら低くはなったけれど、男らしくはない。筋肉もつきづらい体質だし、ずっと童顔のまま。

「別に自分の容姿が嫌《きら》いとか、そういうんじゃないんです。でも、なんて言うんでしょう……ただ可愛いって言われるだけの自分は、嫌だなあって……」

「頑張ってる道貴くんはかっこいいよ。歌ってるときなんて特に」

「本当ですか？」

「もちろん」

「えへへ」

ルカが嘘をつくようなタイプではないと知っているので、道貴の顔が綻《ほころ》ぶ。その勢いのまま駆《か》け出し、ルカの前に出ると体ごと振り返った。

「中庭で歌ってたとき、壱先輩にかっこよかったって言ってもらえたのがすごく嬉しくて！　壱先輩がああ言ってくれたから、ボク諦めないでいいんだって思えたんです！」

他の人の目に、自分の望む自分が映っていた。それがどれだけ嬉しかったか。

「そっか」

にこにこしている道貴に、ルカも優しく微笑《ほほえ》んでくれる。

「あ、もちろん、アカペラが楽しいっていう気持ちもちゃんとあります。聖歌とはまた違ってて、それが楽しくて」

「分かってるよ」

（ルカ君も、ボクと同じ――）

なりたい姿があって、アカペラを通して叶《かな》えようとしている。

あの日、壱に誘《さそ》われてよかった。入部を決めてよかった。

「一緒に頑張りましょうね、ルカ君」

今まで以上にルカを身近に感じた道貴は、ルカに向かって右手を差し出した。

ルカは驚いたようにそんな道貴を見つめる。

けれどすぐに、その手を握《にぎ》り返した。

「うん」

街灯が、まるでステージのライトのように、笑い合う二人の顔を照らしていた。

第四章　ルカの悩み事

週明けの月曜日。

部室で行うはずだった練習を中庭に変更《へんこう》しようと言ったのは雨夜《さよ》だった。

「合同練習のあと、朝晴《あさはる》兄さんに、人前で歌うことに慣れなさいって言われたんだ。自分たちだけで歌うんじゃなくて、聴《き》いてくれた相手がどう思うのかも考えてみなさいって」

休み時間の最中にそれを聞いた壱《はじめ》と燐《りん》は、その助言を実行することに決めた。学校に許可をとり、道貴《みちたか》とルカへ連絡《れんらく》して、五人は放課後、中庭に集まった。

「あともう一つ。一度、パートを改めてみない？」

さらに雨夜は、今日の活動内容をそう提案してきた。

「雨夜、どうして？　せっかく練習してきたのに」

パートを変更してしまうと、今までの練習が無駄《むだ》になってしまうのではないだろうか。

「パートは、声質で決めた方がいいって言われてね。歌いたいところじゃなくて、自分たちの声に合っているところを歌いなさいって。だから朝晴兄さん、道貴さんのこと褒《ほ》めてたよ」

「ボ、ボクですか？」

予想外だったのだろう。自分を指差しながら、道貴が目を丸くする。

「朝晴兄さんたちがいいなって思ったところは、道貴さんにパートを選んでもらったところばかりだったみたい」

「じゃあ改めるパートは、道貴に選んでもらおうよ」

壱の提案に「えっ⁉」と道貴が素《す》っ頓狂《とんきょう》に叫《さけ》んだ。

「ボ、ボクですか⁉　そんな、恐《おそ》れ多《おお》いです……！」

「そんなことねえだろ。むしろ朝晴たちが褒めてくれたんだから、それが一番いいんじゃね？　自信持て！」

燐が道貴の背中をバシバシ叩《たた》く。

「い、痛いですよ、シャンシャン先輩《せんぱい》」

そう言って道貴は苦笑《くしょう》しつつ、けれど不意に表情を引《ひ》き締《し》める。

「でも……分かりました。ボク、やってみます」

「おぉ、道貴、かっこいい」

壱の「かっこいい」という言葉に、道貴は嬉《うれ》しそうに頰《ほお》を桃色《ももいろ》に染める。

「あの、そこで相談なんですけど、ボク、一度みなさんの歌を通しで聴きたいです。それで判断させてください」

「ん。じゃあ、今日のアカペラ部の活動は、それで」

というわけで、道貴以外が一人ずつ『花』を歌っていくことになった。

順番は公平にジャンケンで決めることにする。

「オ、オレが一番……!?」

真っ先にパーで勝ってしまったルカが、呆然《ぼうぜん》と自分の手のひらを見つめながら呟《つぶや》いた。

「トップバッターって緊張《きんちょう》するよなー、分かる分かる」

「頑張《がんば》れ、ルカ」

「ルカさん、僕、燐、壱の順番だね」

ルカの前に、四人は並んで座る。

「ルカ、準備できたらいつでも」

「じゅ、準備っていっても……」

促《うなが》す壱から、ルカは目を逸《そ》らす。

歌声をしっかりと聞きたいので、伴奏《ばんそう》は流さない。なので歌い始めるのは、ルカの心の準備が整い次第《しだい》だ。

「………」

歌い始めようと、ルカが唇《くちびる》を開く。しかしなかなか踏《ふ》ん切《ぎ》りがつかないのか、声を出さずに結局はすぐに閉じてしまう。しばらくその繰《く》り返《かえ》しが続いた。

「……あー、いきなり歌えってのも困るよな。俺から歌う」

そんなルカの様子を察して、燐が順番を交代してくれた。

「す、すみません、燐先輩……」

「いいっていいって」

燐が立ち、代わりにルカが壱の隣《となり》に腰《こし》を下ろす。

燐は何度か咳払《せきばら》いをしたあと、歌い出した。

ときどき、中庭を通りかかった生徒たちが何事だと視線を向けてくる。それについ意識がつられてしまうのか、声が裏返りそうになりつつ、けれど燐はしっかりと歌い切った。

(燐も歌、上手)

そんなことを考えていた壱の横で、

「……ハア……」

ルカが肩《かた》を落として、溜《た》め息《いき》を吐《つ》いていた。

全員が歌い終えたあと。

「明日までにボク、パート分けしますので！」

真面目に考えたいからこそ時間がほしい、というのが道貴の理由だった。

であれば今日の練習はこれで終わりにしようということで、いつもより早めの解散になった。

五人で、校門に向かって歩く。

「ごめんね。道貴さんに押しつけるみたいになって……」

「いえ！　むしろボク、頼《たよ》りにされて嬉しいです！」

申しわけなさそうな顔をする雨夜に、道貴が笑う。

「なんかあればいつでも連絡してこいよ」

「ありがとうございます、シャンシャン先輩」

そんな話をしている燐たちの一歩後ろで、壱は、隣にいるルカをちらちら見ていた。

（ルカ、元気ない……？）

あれからずっと、ルカはほとんどしゃべらないし、みんなと目を合わせようとしない。

（上手《うま》く歌えなくて落ち込んでるのかな）

順番を変えてもらっても緊張が解けなかったらしい。ルカは声も小さく、歌詞を忘れたり声が引っくり返ったりと散々だった。

今回はいきなり場所を変更したし、あくまでパート分けの参考として歌っただけなので、別に誰《だれ》も気にしてはいないのだが――。

「もしここは絶対に歌いたいとかあったら先に言ってくださいね。壱先輩とルカ君も、よろしくお願いします」

「ん」

振《ふ》り返る道貴に、壱は頷《うなず》く。しかしルカは聞こえていないのか、返事をしない。

「ルカ君？」

「ルカ、道貴が聞いてるよ？」

「え……」

ツンツン、と壱は肘《ひじ》でルカをつつく。

そこで初めてルカが顔を上げた。

「あ……ご、ごめん、聞いてなくて……」

「いえ、それは構わないんですけど……」

「えっと、あの…………っオレ……ごめん、用事思い出したから先に帰るね！」

「ルカ君⁉」

ルカは叫ぶように言うと、一人、走って先に行ってしまった。

「――僕、今日はルカと帰る！」

さらに壱も、ルカを追いかけて走り出す。

「壱⁉」

燐と雨夜に名前を呼ばれたが、気にかけている余裕《よゆう》はなかった。落ち込んでいるルカを放っておきたくなかったのだ。

校門を出ると、少し行ったところにルカの背中があった。壱は彼のあとをつける。

電柱の陰《かげ》に隠《かく》れ、塀《へい》に身を預け——。

「壱先輩？」

「あ」

すぐに、ルカに気づかれた。

「何してるの？　他のみんなは？」

「僕だけだよ。ルカのことが気になって」

「オレが？」

「元気なかったみたいだから」

壱にそんな風に言われると思っていなかったのか、ルカが目を瞬《しばたた》かせる。

「それは……上手く歌えない自分が、その……」

やはり壱の思った通りのことを気にして、落ち込んでいたらしい。

(どうしたらいいんだろ)

居心地悪《いごこちわる》そうに視線を彷徨《さまよ》わせるルカを見ながら、壱は考える。

(ルカの力になるには……)

そして、ハッと思いついた。

「カラオケ行こう」

壱は、ルカの腕《うで》を摑《つか》んだ。

「え？　あ、あの？」

半ば無理やり、壱はルカを引っ張って歩いていく。

以前に五人でカラオケへ行って歌の練習をしたこともあるが、そのときは緊張しつつも歌ってくれていた。

別にルカは歌うのが嫌《いや》なわけではない。歌える環境《かんきょう》であれば大丈夫《だいじょうぶ》なのだ。

「駅前のカラオケ、行こ」

「え、駅前？」

「イヤ？」

「イヤとかじゃなくて、えっと……駅だったらそっちじゃない、よ？」

「ん？」

壱は足を止める。

「駅前は、あっち」

困惑《こんわく》したように別の方向を指差すルカに、「ん」と壱は頷いたのだった。

結局、カラオケまではルカが案内することになった。

（どうしてこんな状況《じょうきょう》に……）

店に入り、壱が受け付けをしているのを後ろで見ながら、ルカは思う。

別にカラオケに行きたいわけではなかった。途中《とちゅう》で帰ることもできたのに……。

（流されちゃったな……）

こういうところが自分のダメな部分だ。意見があっても、相手がどう思うだろうとか、タイミングを見計らっている内に、機会を逃《のが》してしまう。

「ルカ、二〇三だって。行くよ」

「あ、うん。……って、壱先輩、そっちじゃなくて、こっち」

「んん？」

堂々と反対方向に進もうとする壱を引き留めて、ルカは二〇三の部屋へ向かう。

途中のドリンクバーで飲み物を取り、二人で部屋へ入った。

「じゃあルカ、歌って」

ソファーに座って荷物を置くと、壱が早速《さっそく》タッチパネルの機械を渡《わた》してきた。

「え、っと……」

「練習したら歌、きっと上手くなるよ」

落ち込んでいた理由を、上手く歌えなかったから、とルカは説明した。そのため、だったら練習すればいい、という結論に、壱は至ったらしい。

「あ、用事あるんだっけ？　時間、どれくらいならいける？」

「用事は、ないから。大丈夫」

あれは、みんなから離《はな》れるための方便だ。

「ならよかった。でもルカ、そんなに気にしなくて大丈夫だよ。ルカは歌、上手い」

「ありがとう、壱先輩。でも……そうじゃなくて……」

「そうじゃないなら、何？」

「それは……」

ルカの脳裏《のうり》に、一人一人歌ったみんなの姿が甦《よみがえ》る。

「オレ、どうしても自信がなくて……みんなはちゃんとしてるのに、って……」

その中で自分だけがおどおどして、上手く歌えなかった。自覚しているからこそ居たたまれなくて、用事があると咄嗟《とっさ》に嘘《うそ》をついて逃《に》げ出《だ》してしまったのだ。

「特に壱先輩の歌は、いつもすごくて」

「そうかな？」

「そうだよ！　奏ヶ坂《かなでざか》の人にも褒められてたし。オレ、壱先輩の歌に圧倒《あっとう》された。みんな、そうだと思う」

だからこそ、ルカは落ち込んだ。

こんなにすごい人に誘《さそ》われて一緒《いっしょ》に歌うことになったのに、いつまで経《た》っても自信がつけられないまま。

(壱先輩は、本当にすごい)

行動力もあって、燐や雨夜という唯一無二《ゆいいつむに》の友達もいて、歌も上手くて。あの日たまたま中庭にいたから自分は誘われただけで、本当は住む世界の違《ちが》う人なのだ。

(天才って、壱先輩みたいな人のことを言うのかな)

自分と比べてしまって、ますます気分が沈《しず》んでしまった。

(せっかく道貴くんと、頑張ろうって約束したのに……)

「──ね、ルカ」

ふと顔を上げれば、いつの間にか、壱がルカの隣に移動してきていた。

「僕、難しいことはあんまり分かんない。でも、ルカが歌上手いことも、頑張ってることも、知ってるよ?」

自分を見つめてくる壱を、ルカも見つめ返す。

壱の表情は、いつもとほとんど変わらない。けれどその瞳《ひとみ》を見ていると、感情はしっかりと伝わってくる。嘘をつかない、真摯《しんし》な光だ。

「ふかみん、言ってたよ。ルカはみんなに合わせてるって。僕は逆。舞斗《まいと》に、合わせろって言われた。でもどうすればいいのか分かんない」

肩を竦《すく》める壱に、ルカは目を丸くする。

(それは確かに言われてたけど……壱先輩、気にしてたんだ。しかもできないって……壱先輩にもそういうの、あるんだ。全然ないと思ってたのに……）

　正直、意外だった。

「それで……壱先輩は、どうするの？　できないことが嫌になったりしない？」

「んー……できないことはしょうがないかなって思う。練習はするけど。それにね、僕のできないところはみんなが、みんなができないところは僕が補えばいいんじゃないかな。僕には僕の、ルカにはルカのやり方と歌がせっかくあるんだし。だから僕らって五人いるんでしょ？」

　そう言って、壱は小さく笑う。

「だからルカは、そんなに気にしないでいいと思う。僕はルカの、みんなに合わせられるところも、歌も、好きだよ。ルカの声聴いて、僕、アカペラ部に入ってほしいって思ったんだもん」

「そうなの？」

「あれ？　言ってなかったっけ？」

（オレが誘われたのはたまたまじゃなかったんだ……）

　それに、と思う。

（オレのやり方と歌……）

　上手く歌えないと、呆《あき》れられるんじゃないか。いらないと思われるんじゃないか。ルカの不安の根本はそれだった。

（でも、それでいいって……。まだ自信は持てないけど……）

好きだと言ってもらえて、心が軽くなる。

また、そう言ってくれた壱の思いに応えたいとも思った。

「ありがとう」

「ん。ルカはみんなの前で歌うの、緊張する？」

「……オレ一人で、多い人数相手にってなると、どうしても……」

カラオケや、五人で歌うときはまだマシだったのは、自分だけが注目されるわけではないからだろう。自分だけだと、一体どう思われているんだろうと考えてしまい、それで集中力が切れる。結果ミスに繋《つな》がり、やっぱり自分はダメなんだ、と悪循環《あくじゅんかん》に陥《おちい》るのだ。

「じゃあ僕の前でだったら？」

「それだったら、まだ大丈夫かな……？」

「じゃあまずは、僕の前で楽しく歌えるようになってよ」

そう言って壱がマイクを渡してきた。

「ルカの歌聴きたい」

「分かった」

「ルカは普段《ふだん》どんな歌聴いてるの？」

「有名なJ－POPだったら分かるよ。壱くんは――あっ、違う、先輩」

気が抜《ぬ》けてしまって、つい呼び方を間違《まちが》えてしまった。

「いいよ、別に。くんで」

「でも先輩だし……」

「僕、気にしない。というか、そっちの方がいい」

壱は怒《おこ》ったりせず、むしろ嬉しそうだ。

「そっちの方がしゃべりやすいなら、僕はそれがいい。燐と雨夜もいいって言うよ」

「え、でも」

壱はスマホを取り出すと、どこかにチャットを送り始める。

「ほら。すぐ返事きた。二人も呼び方とか、ルカの好きにしていいって」

「い、いいのかな……？」

「僕らが言ってるんだからいいの。ほら、僕のこと呼んで」

「えっ、えっと……壱、くん？」

戸惑《とまど》いつつも口にすれば、壱の目が輝《かがや》く。

「いい」

「そ、そうかな？」

（よく分からないけど……壱くんがそう言うなら……）

それに、呼び方を変えると、それだけで距離《きょり》が近づいたような気もする。

ルカがスマホで歌う曲を探していると、道貴からチャットが送られてきた。

『ルカ君、今日元気なかったみたいですけど大丈夫ですか？』

さらに続けて、燐や雨夜からも個人でメッセージが届く。

『今日のことあんま気にすんなよ？　一緒に慣れていこうな』

『いきなり練習場所、中庭に変えてごめんね。もし気になることがあったら遠慮《えんりょ》なく言ってほしいな』

誰もルカを嗤《わら》ったり、責めたりしていない。壱だけではない。みんな心配してくれている。

ルカの胸が、ジンと熱くなった。

（――もっと頑張りたいな）

他の人と比べて落ち込むだけではなく。胸を張ってみんなと歌えるようになりたい。

（せっかく誘ってもらったんだし、アカペラ部でやっていこうって決めたんだし）

これからも些細《ささい》なことで落ち込む日はあるだろう。でも少しずつ、前向きになれたら。

そんなことを考えながら、ルカは曲を入れる。最初は少し緊張したが、すぐに歌うのに慣れた。

「ルカの歌、やっぱり好きだなあ」

一曲聴き終わった壱にしみじみと言われて、ルカは照れ笑いを浮《う》かべた。

今日は壱からたくさん「好き」の言葉をもらった。自分もお返しをしなければ。

「オレも壱くんの歌、大好き」

今日だけではない、ずっと思っていたことを口にする。

途端《とたん》に壱は、何故《なぜ》か胸を押さえて「うっ」と低い声を漏《も》らした。

「は、壱くん？　どうしたの？　どこか痛い？」

「……ルカは、自分の顔のこと、ちゃんと自覚して」

「え、オレの顔、何かついてる……!?」

「そうじゃなくて。ルカ、ただでさえ王子様みたいなんだから。そんな風に微笑《ほほえ》んだら、みんな心臓が大変だよ」

「そ、そんなことないよ」

「じゃあみんなに聞いてみよ」

壱がグループチャットを開き、『ルカって王子様みたいな顔だよね』と送る。するとみんなすぐに『分かる』『確かに』と肯定《こうてい》を返してきた。

それに、どう返事をすれば……とルカが悩《なや》んでいる間に、壱が『微笑み王子だ』と書き込む。

そのあだ名はアカペラ部内で流行《はや》り、さらにそれが学校中に広がって——いつの間にかルカが微笑み王子と呼ばれるようになったのは、また別の話である。


壱とルカが、二人でカラオケに行ってから数日後。

思ったより早く、FYA'M'《フェイム》との合同練習日が訪《おとず》れた。

「おっしゃ、練習の成果見せてやるぜ！」

六人——今日は明《あきら》と由比《ゆい》も参加なのだ——の前に立った燐が、手のひらに拳《こぶし》をぶつける。

隣では雨夜と道貫も頷いていた。

そんな三人を横目で見ていた壱は、後ろを向いたルカが深呼吸をしていることに気づく。

「ルカ、大丈夫？」

「壱くん……」

振り返ったルカは、胸に右手を当てている。

「心臓はドキドキしてるけど……でも、うん。大丈夫だと思う。あれからみんなと練習してきたし」

二人でカラオケに行ったことを知った他のメンバーから「羨《うらや》ましい！」と言われたため
みんなで遊びに行ったり。部活でも、ルカの調子を見ながら少しずつ、人のいるところで歌ったりした。

「前のときよりは上手く歌えると思う」

「ならよかった」

「それでは、始めてください」

朝晴に言われて、壱たちは顔を見合わせると「せーの」と歌い始めた。

(——あ。今日、僕ら上手いかも)

奏ヶ坂の音楽室に響《ひび》く自分たちの声に、壱はそんな感想を抱《いだ》く。

五人の歌声を聴く朝晴たちもどこか驚《おどろ》いているようで、なんだか壱は誇《ほこ》らしくなった。

(僕らだってすごいんだよ)

心の中でそう語りかける。

……満足気に歌い終えると、拍手《はくしゅ》が聞こえてきた。

「ルカちゃんたち上手！　えっ、始めてまだ二カ月とかじゃなかった？」

拍手と共に興奮気味に言うのは、今日初めて壱たちの歌を聴いた明である。

「最初からこんな上手かったの？　すごい。天才じゃない？」

「う、ううん。この前、みんなからアドバイスもらって、それを参考にして……」

「自分たちの問題点を改善してきたということか？　それはそれですごいな」

答えるルカに、由比が感心したような表情になる。

「明と猫君より、オレたちの方がびっくりしてますよー。なかなかやるじゃないですか」

「パートも大胆《だいたん》に変えてきましたね。これは誰が考えたんですか？」

「道貴さんだよ、兄さん」

「へ、変でしたか……!?」

「いえ、貴方《あなた》たちの声質に合っていて、俄然《がぜん》よくなりましたよ」

「あ……ありがとうございます！」

「歌い出しがはじめなのもいいな。一気に引き込まれる」

「ありがと、舞斗」

「んでも、一番よくなったのはルカだな」

「え……オレ？」

舞斗に名指しされたルカは、目を丸くしながら自分を指差した。

「前に比べて声も伸《の》びてたし、ソロも堂々としてたと思う。練習頑張ったんじゃねえの？」

「ふかみーん、どうでした？　前は、空気が重くなってるって指摘《してき》してましたけど」

相変わらず壁際《かべぎわ》を定位置にしていたふかみは、光緒《みつお》に話を振られると「えっと」と唇を開く。

「軽くなってたと……思う。みんなと一緒にやりたい、楽しみたいっていうのが、見えた」

「うんうん、ルカちゃんの歌声からもそれが伝わってきたよ」

「明くん……深海《しんかい》先輩……」

「ルカ、楽しかった？」

「うん」

壱の問いに、ルカが頷く。

「みんなと一緒だったら、オレも変われる気がする」

きっぱりとした自信に満ちた声に、壱、燐、雨夜、道貴は笑顔《えがお》になる。変わっていくルカを見られるのは、壱たちにとっても嬉しいことだった。

「よかったねぇ、ルカちゃん」

「笑ってる場合じゃねえですよ。明」

「うむ。俺たちも負けないように精進《しょうじん》せねばな」

「ええ。というわけで、我々も練習しましょう。雨夜君たちも、前回よりは改善されたというだけで、新たな問題点もありますよ。まずはそれを言いますので聞いてください」

燐が「げぇ」と唸《うな》る。自分たちの歌は完璧《かんぺき》だったと思っていたらしい。

そんな燐の反応にみんなで笑いながら、合同練習を続けていくのだった。

第五章　初めてのライブに向けて

自動扉《とびら》をくぐると、「いらっしゃいませ」という燐《りん》の声に出迎《でむか》えられた。

「……って、お前らかよ」

入店してきたのが壱《はじめ》と雨夜《さよ》、道貫《みちたか》、ルカだと気づいた燐が、苦笑《くしょう》しながら歩いてくる。

そんな燐に、壱はピースサインを作った。

「来ちゃった」

「ボクたち、シャンシャン先輩《せんぱい》が働いてるとこ見てみたくて……！」

「たちってことは、ルカも？」

「うん！　ここが燐くんのバイト先……」

道貫とルカは、興味深げにファミレスを見回す。

「んな珍《めずら》しいとこでもねえだろ。ま、いいや。四人だな。案内する」

窓際《まどぎわ》のテーブル席に案内され、壱たちはソファーへ腰《こし》を下ろした。

「忙《いそが》しそうだね？　お客さんも多いし」

「休日の昼時だしな。こんなもんだよ」

燐がテーブルに水の入ったグラスを置いていると、ピンポーン、と、どこかのテーブルの呼び出しベルが鳴る。

「お伺《うかが》いしまーす！　……んじゃ、ゆっくりしてけよ」

足早に燐は、壱たちのテーブルをあとにした。

「あ、舞斗《まいと》さんもいるね」

雨夜が手で示す。見れば舞斗が料理を運んでいるところだった。

「舞斗に連絡《れんらく》したら、今日シフト入ってるって言ってた」

「そうだったんだ」

遠くからでも、二人がてきぱきと仕事をこなしているのが分かる。動きは速いのに接客は丁寧《ていねい》だ。

「こんなにお客さんがいたら焦《あせ》っちゃいそうなのに、二人ともすごく冷静ですね……！」

「そうなの？」

「はい！　ボクもカフェを手伝うことはありますけど、満席に近くなったらあたふたしちゃって大変ですよ」

四人が見守る中、燐が料理を手にテーブルへ向かう。けれど途中《とちゅう》で何故《なぜ》かそれを舞斗に渡《わた》して方向転換《てんかん》した。

「どうしたんだろ？」

オーダーミスか何かだろうか。

そう思っていると、燐はバイトの女の子のいるレジへ入る。どうやらレジの子は新人だったらしく、手間取っていたようだ。それに気づき、手伝いに行ったらしい。

「周りもしっかり見られてて……シャンシャン先輩、かっこいい……！」

スマートな燐の姿に、道貴が瞳《ひとみ》をキラキラさせている。

それが自分のことのように嬉《うれ》しくて、壱は胸を張った。

「燐も舞斗も、頼《たよ》りにされてるんだよ」

「二人ともすごいです！　シャンシャン先輩、眠《ねむ》いときの顔は怖《こわ》いですけど、こうやって笑顔《えがお》で働いてるときは爽《さわ》やかですね！」

「道貴くん……」

道貴に悪気はないと分かっているが、本人に聞かれたら失礼だろう言葉に、ルカが苦笑した。

「僕たちも注文、決めようか」

壱の隣《となり》に座っている雨夜がメニューを手に取る。向かいの道貴とルカに見えるよう、テーブルに広げて置いた。

「そういえば雨夜先輩、今度ボクのところに来てくれませんか？」

「道貴さんのところって、カフェのこと？」

「はい！　オマール海老《えび》はさすがに用意できそうにないんですけど、甘海老《あま》のカルパッチョは練習してるんで！　食べに来てください！」

雨夜が目を丸くする。そのメニューは、みんなで初めて道貴の家のカフェに行ったときに、雨夜が冗談《じょうだん》で言ったものだ。

「道貴さん、覚えててくれたんだ？」

「もちろんです！　今、フランス料理の勉強してまして！　壱先輩とルカ君も来てくださいね！」

「ん」

「ありがとう。喜んで」

「……って、すみません。話脱線《だっせん》させちゃいました。みなさん、何食べますか？」

メニューを捲《めく》る道貴へ、壱が手を挙げる。

「僕、味噌《みそ》」

「えっ、ここって味噌がそのまま置いてあるの？　何用？　野菜につける感じかな？」

「さすがに単品ではないんじゃないかな。……え、ないよね、壱」

「探しましょう！」

道貴が真面目な顔で、メニューの端《はし》から端まで目を通す。

「壱先輩、味噌単品はありません」

「そっか～」

「そっか～じゃねえよ、あってたまるか。そのまま食ったら塩分過多で大変なことになるっつーの」

コツン、と頭を叩《たた》かれて、壱は顔を上げる。いつの間にか燐が立っていた。

「燐くん」

「まだ呼んでないよ？」

「どうせ壱も雨夜も自分たちじゃ決められねえだろ。期間限定の鮭《さけ》の味噌焼きセットがあるから、壱はそれにしとけ」

「ん」

「雨夜はこっちのデミグラスソースのハンバーグとスープのセットでどうだ？」

「じゃあそれで」

「ルカと道貫は？　どうする？」

「え、えっと……じゃあオレも雨夜くんと同じで」

「ボクも」

「おっけ。んじゃ、鮭の味噌焼きセット一つと、ハンバーグのセット三つな。ドリンクバーは、俺と舞斗からサービス」

「え？」と壱たちは声を重ねて聞き返す。

顔を上げれば、少し離《はな》れたところにいた舞斗と目が合った。舞斗は軽く手を振《ふ》ると裏へ行ってしまう。

「いいんですか？　シャンシャン先輩」

「ま、先輩だからな。後輩《こうはい》にはいいとこ見せてーんだよ。じゃ、ドリンクバーあっちだから」

そう言って燐は、壱たちのテーブルから離れていった。

「か……っこいい……」

道貫だけでなく、ルカまでもが目を輝《かがや》かせて燐を見つめていた。

「さらっとああいうことできるのが、燐のすごいところだよね」

「ん、ずるい」

自分も燐と同じ先輩なのに、これでは燐の株ばかりが上がってしまう。

「ボクもシャンシャン先輩みたいにかっこよくなりたいです……！」

呟《つぶや》きながら、道貫がメニューを片づけようとした。が、持ち上げた途端《とたん》、グラスにぶつかってしまう。

「わーっ!?」

倒《たお》れそうになったそれを、ルカが慌《あわ》てて摑《つか》んだ。

「す、すみませんルカく……！」

体ごと道貴がルカを振り返れば、次は持っていたメニューが、テーブルの隅《すみ》にあった調味料入れを直撃《ちょくげき》した。

「わあっ！」

爪楊枝《つまようじ》の容器がテーブルの上を転がり、蓋《ふた》が外れる。バラバラッと扇状《おうぎじょう》に爪楊枝が広がった。さらにガチャーンとタバスコも引っくり返る。こちらも蓋が外れ、倒れた拍子《ひょうし》に中身が飛び散っていた。

「おぉ……パタゴラスイッチみたい」

「壱、感心してる場合じゃないよ。そっちのおしぼり取ってくれる？」

「ん」

「すみませんすみませんっ！」

勢いよく道貴は頭を下げた。目測を見誤り、テーブルに思いきり額をぶつける。

「痛ぁ……！」

「お、落ち着いて、道貴くん。とりあえずメニュー、オレがもらっとくね」

「はい……」

メニューをルカへ渡し、道貴は涙目《なみだめ》で赤くなった額を押さえる。

その間に壱と雨夜で、テーブルの上を片づけた。

「おしぼり、料理が来たときに取《と》り替《か》えてもらおうか」

「うぅ……ごめんなさい」

「気にしないで。それより額、大丈夫《だいじょうぶ》？」

雨夜に心配そうに顔を覗《のぞ》き込まれて、「はい」と道貫は頷《うなず》く。

「こういうときのために冷え冷えシートもあるので……熱持ってきたら貼《は》ることにします」

「ならよかった」

用意周到《しゅうとう》な道貫に、安心したように雨夜は笑った。

「料理が来る前に、飲み物持ってこようか。壱」

「ん。道貫とルカ、何がいい？」

「え、いいよ、自分で……」

「いいの。僕らも、燐みたいに先輩らしいことしたい」

燐と一緒《いっしょ》だったら持ってきてもらっていたが、今日くらいは自分たちで。雨夜も同じ気持ちだというのは顔を見れば分かる。

（あと道貫が行ったら、ドリンクバーが爆発《ばくはつ》するかもしれない）

「じゃあウーロン茶で……」

「ボクも」

「分かった」

「……あの、壱先輩、雨夜先輩」

ドリンクバーへ向かおうとした壱と雨夜を、道貴が引き止める。振り返れば、額を押さえたまま、道貴がじっと二人を見上げてきた。

「壱先輩と雨夜先輩のことも、先輩だと思ってるし、かっこいいと思ってます！」

今の行動だけを見て、燐や、壱、雨夜を褒《ほ》めたわけではないのだ、と。

「ね、ルカ君」

「うん」

ルカにも笑顔を向けられて、壱と雨夜は顔を見合わせた。

「ん」

「ありがとう」

壱は頷き、雨夜は嬉しそうに薄《うっす》らと頬《ほお》を染める。

それから改めて、二人はドリンクバーへ歩いて行った。

「こっち」

「壱、違《ちが》うよ。こっち」

反対側へ歩いて行こうとした壱の腕《うで》を摑んで、雨夜が先導する。

「えっと、グラスはここで、ウーロン茶のボタンは……これ！」

「雨夜、ウーロン茶、右端《みぎはし》から出てるよ」

左端《ひだりはし》に置いた空のグラスが、虚《むな》しく店内の明かりに光っている。

雨夜は受け皿にウーロン茶が流れていくのをしばし見つめたあと、グラスを置き直した。

「いつも燐に頼ってばっかりだから、なかなか慣れないね」

あはは……と頰を搔《か》きながら雨夜が苦笑する。

「晴《はる》さんもドリンクバー使うとき、こんな感じ？」

「どうなんだろう？　一緒に来たことないから……。普段《ふだん》家族で行く店はこういうのがないんだ。でも朝晴《あさはる》兄さんがこんな風になるところは、ちょっと想像できないかな」

「……うん。見たくないかも」

「だね」

想像して、二人でクスクスと笑った。

「朝晴兄さんだったら、燐みたいに僕の分も入れてきてくれるんだろうな」

「ん、そっちの方が想像できる」

「僕、普段から朝晴兄さんに頼りっぱなしだから」

雨夜がウーロン茶を入れ終わったので、壱は場所を交代する。

「それ、道貫とルカの分だよね。じゃあ僕が雨夜の入れるよ。どれにする？」

「僕もウーロン茶にしようかな。あ、氷は……」

「抜《ぬ》きだよね。知ってる」

「ありがとう。……兄さんも、こんな気持ちなのかな」

「こんなって？」

自分と雨夜の分のウーロン茶を注ぎながら、壱は首を傾《かし》げた。

「自然と、道貫さんやルカさんの分も持って行ってあげたいなって思ったから。なんだろう、任せてほしいっていうか、頼ってほしいっていうか、そういうの。特に道貫さんと話してると、弟がいるってこういう感じなのかなって思うんだ」

双子《ふたご》とはいえ弟だからこそ、雨夜にとって後輩というのは新鮮《しんせん》であるらしい。

「雨夜と晴さんって仲いいよね。僕一人っ子だから、兄弟って羨《うらや》ましい」

「自分で言うのもなんだけど、仲はいい方だと思うよ。ご飯を一緒に食べながら学校で何があったとか報告したり、忙しくてどうしても時間が合わないときは、朝早く起きて犬の散歩に一緒に行ったり」

「ボルゾイ……だっけ？　犬の種類」

「うん。兄さんにすごく懐《なつ》いてるんだ」

朝晴のことを話す雨夜が楽しそうで、自然と壱も笑《え》みを浮《う》かべていた。

「雨夜、晴さんと練習できるの、楽しい？」

「そうだね。学校は違うけど、一緒に同じことができるのは嬉しいよ」

そう、雨夜は嬉しそうに言うのだった。

合同練習の休憩《きゅうけい》時間、隅で飲み物を飲んでいたルカは、軽く肩《かた》を叩かれて振り返った。

と、頬にぷす、と何かが刺《さ》さる。

「お疲《つか》れ様《さま》」

そう言って笑う、明の指だった。

「明くんもお疲れ様。今日もいい声だったね。音もしっかり取れてたし、すごくよかったよ」

そう言うと、彼の指は離れていった。

「ルカちゃんだって上達してるじゃない」

「ううん、オレはまだまだだよ。苦手な高音が近づくと、気をつけないと！　って力を入れすぎちゃって、喉《のど》が絞《し》まるみたいで……」

思わずルカは、持っていたペットボトルを握《にぎ》り締《し》める。

「自覚してるのに直せないなんて、ダメだね、このままじゃ……」

「またそういう……」

明の溜《た》め息《いき》が聞こえて、ルカはハッとする。

（またオレ、ネガティブなこと言っちゃった……）

あまり言わないようにしないと、と気をつけてはいるのだが、明とは長い付き合いのせいだろう。すぐに気が抜けてしまう。

謝ろうとして口を開けば、頬に明の手が伸《の》びてきた。

「ほら、暗くならない、考えすぎない、俯《うつむ》かない」

「う……明、く……。また、顔、むにゅって……。しゃべりづら……」

「だってルカちゃん、俺からのお願い忘れちゃうから。そういうの、もったいないって昔から言ってるよ？　ルカちゃん顔面偏差値《へんさち》お化けだし、憂《うれ》い顔もかっこいいけどね」

冗談めいた口調と共に顔を覗き込まれる。

（子どものときも、俯いてたらよくこうされたっけ）

そう思ったらくすぐったいような、恥《は》ずかしいような、でも懐かしいような。そんな気持ちになって、ルカは思わず笑った。

「あはっ……うん、ありがとう明くん」

「どういたしまして」

ルカの落ち込みが消えたことに気づいたらしく、明はパッとルカから手を離した。

「ことで！　もっと元気になってもらうためにも、楽しいお誘《さそ》いしちゃおうかな。今度の土曜日――」

「女の子の集まりなら行かないよ？」

「なんでよルカちゃん……！」

「なんでって……何度も言ってるよね？　そういう集まりはオレ、苦手だって」

肩を摑んで揺《ゆ》さぶられる。その度にペットボトルの中身が揺れて、ルカは慌ててキャップを締めた。

「小六の春に、他校の女の子たちと公園で一緒に遊ぼうって誘われたときから断り続けてるよ」

「あの日から、その手のお誘いに限り全敗って逆にすごい」

（すごいのは、断っても誘い続けてくる明くんだと思うな……）

「さすがにそろそろ一緒に行こうってば」

そしてそれだけ断ってもやはり諦《あきら》めないところが、明のいいところでもあり、悪いところでもある。

「女の子、ルカちゃんが来てくれれば喜ぶよ？　ルカちゃんかっこいいもん」

「その形容詞は明くんにこそ相応しいって、これも何度も――……ん？　あれ？」

（次の土曜日って確か……）

「どしたの、ルカちゃん」

「昨日の電話で、次の土曜日は部活だって話してたよね。中止にでもなった？」

「ううん、休むのは俺だけ」

尋《たず》ねれば、当然、といった口調で明は答えた。あまりにも自然すぎて、一瞬《いっしゅん》そのまま流してしまいそうになったくらいだ。

「……怒《おこ》られない？」

「大丈夫、許可は得てるもん。だからルカちゃんも行こうよ。デザートビュッフェで、女の子が美味《おい》しそうに、幸せそうに、あれもこれもって食べてるの見られるよ？」

明は一歩ルカから離れたと思ったら、顔の前で両手の指を組んで、軽く手首を曲げる。子どもが親に、可愛《かわい》らしくおねだりをするようなポーズだった。

「最初に、『どれにしようっ』とか『みんな可愛くて、食べるのもったいなーい！』とか迷ってる姿を横で眺《なが》めるのも至福のとき……！　何これ可愛い！　女の子って可愛い！　いいよいいよ、好きなだけなんでも食べな？　ってなるじゃない？」

キラキラとした目で明が見てくる。

「……えっと……」

「お腹《なか》いっぱいになって『しばらく甘いものはいらないかな』とか言いながらも、『次はどこのお店に行く？』なんて言っちゃうとこも、やだもうっ可愛いね⁉　ぜひとも俺もご一緒させて！　みたいな」

（明くん、普段は飄々《ひょうひょう》としててかっこいいんだけど……）

女の子の話をするときはテンションが上がって――正直、どう答えればいいのか分からないのが本音だったりする。

「そういう喜びの瞬間《しゅんかん》を、ルカちゃんにも味わってほし――」

「天誅《てんちゅう》‼」

ルカが答えに困っていると、低い怒声《どせい》と共に、明の後頭部にスパーンッ！　と勢いよく分厚いファイルが降ってきた。

「明、貴様という奴《やつ》は！」

「ふぉぉぉ……目の前に、なんて素敵《すてき》なお星様……」

叩かれた後頭部を押さえながら明が涙目で振り返る先にいるのは、ファイルを肩に乗せるようにして片手で持っている、由比《ゆい》だった。

「ね、猫《ねこ》ちゃん……っ、俺、なんでいきなり叩かれた……？」

「大切な用があると言うから休みの許可を与《あた》えたのに、まさかそんな理由とは！　と、普《ふ》通《つう》に腹が立ったからに決まっているだろう！」

（まあ、そうだよね……）

逆に、それ以外にどんな理由があるのだろう……なんてルカが考えていると、明は目をぱちくりとさせて、唇《くちびる》に手を当てる。

「あらやだわっかりやすーい」

「やかましい！」

「ひえっ!? ゆ、由比くん！」

再度ファイルを大きく振りかぶる由比に、ルカは反射的に声をかけた。

「さすがに同じ場所は明くんも辛《つら》い！ どうしてもっていうなら、違う場所にしてあげて！」

「いやあの、ルカちゃんの優《やさ》しさもおかしくない？ 一発でも充分《じゅうぶん》辛いし、後頭部を連続で叩かなければセーフとか、そういう次元でもないしね……？」

頭をさすりながら、明が苦く笑ってツッコミを入れた。

ルカに免《めん》じてか、由比が一度ファイルを下ろしてくれる。しかしその目は明を睨《にら》みつけたままだ。

「ふんっ。嘘《うそ》などついたのだから、自業自得《じごうじとく》だ」

(明くんがここでちゃんと謝れば、由比くんも許してくれると思うんだけど……)

心配するルカを余所《よそ》に、

「嘘じゃないよ。俺にとっては大切な用事よ？」

なんて、悪気なくさらっと答えてしまうのが明なのだった。

「うむ、その潔《いさぎよ》さよし！ ――とでも言うと思ったか、このたわけ！」

「由比くん！　そのファイル重そうだし、オレが預かるよ！」

ルカは咄嗟《とっさ》に由比の手からファイルを取り上げた。

「む？　ルカ殿《どの》は優しいな」

「いや、あはは……」

「それに比べて明ときたら……」

ハア、と由比はため息を吐《つ》くと、額に指を当てた。眉間《みけん》に寄った皺《しわ》をほぐそうとでもしているかのようだ。

「そうは言うけど、俺たちは個人の技巧《ぎこう》をしっかり高めていられれば、基本はスタンドプレーオッケイよ？　これ、君が大尊敬してる宗円寺《そうえんじ》家の朝晴ちゃんも容認《ようにん》してくれてるよね？」

「っ、それは……そうだが」

FYA'M'《フェイム》が、本番で成功できるのであれば絶対に練習に出る必要はない、というのは、ルカも聞いている。

（みんなの実力があるからこそできる方法だよね）

それに、根が真面目だからこそできることでもある。そのままずるずると部活に来なくなるメンバーがいてもおかしくないのにそれがないのも、朝晴のメンバー選びが上手《うま》いからなのだろう。

「しかし、皆《みんな》は家庭の事情だったり、他の手習いが休む理由だ。遊びが理由なのは、貴様だけで……」

「俺だって、休んじゃいけない部活内容だったら休まないってば。この日は休んでいいって前提があるから、別の約束をしたのよ」

「そうなのか？　俺はてっきり、女子との約束のためなら他の予定はなんでもキャンセルするものだと……」

「さすがにそれはないかな」

微笑《びしょう》しながら、明が目を細める。由比を見つめる瞳は優しげだが、真剣《しんけん》だ。

「女の子と楽しく遊びたいからこそ、俺は、俺にも他人にも不誠実ではありたくないよ。誰《だれ》かを傷つけてまで自分の楽しみを優先させる、なんてね」

声色《こわいろ》からも、明の真摯《しんし》な思いが伝わってきた。

「明……」

そしてそれは、由比も感じたらしい。

「すまない！」

そう言って由比は、腰を直角に曲げて明に頭を下げた。

「また見事な謝罪のお辞儀《じぎ》。どうしたの突然《とつぜん》。なんで猫ちゃんが謝るのよ」

「俺は誤解していた。貴様は口を開けば女子絡《がら》みで、正直『やかましい』と思っているし口にも出していたが……強い信念を持っていたのだな」

「うん、明くんは昔からそう」

ルカもつい、同意していた。

由比の明への態度が軟化《なんか》すればいいという思いもあったし、何より、心の底から思っていたことでもあるからだ。

「自分のルールをしっかり持ってて、揺らぎがなくて、生き様がかっこいいんだ。オレには真似《まね》できないから羨ましいし……だからこそ、今もこれからも、オレの憧《あこが》れなんだよ」

嘘偽《うそいつわ》りないルカの賞賛に、由比が目を丸くする。

明も、ルカに褒められて少し照れくさそうだった。

「そんな大げさなものじゃないのよ？」

「いや、これからはもう少し歩み寄ろうと思ったぞ。ルカ殿もああ言ってるしな」

「ほんと!?」

嬉しそうな明に、由比が頷く。

それに、ルカは内心ほっとした。

(よかった。これで明くんがファイルで殴《なぐ》られたりするのもなくな――)

「じゃあ俺がセッティングするから、三人で女の子たちと遊ぼう！」

ルカと由比の笑顔が硬直《こうちょく》した。

「………」

「う、うーん……さすが明くん。こりないね……」

黙《だま》り込んでしまった由比とルカの独り言を意にも介《かい》さず——というより、自分の世界に入り込んで聞こえていないのか、明は一人で楽しそうにしゃべる。

「猫ちゃん、ルカちゃんとはまたジャンルの違ういい男だもん。女の子、みーんな喜んでくれるよ？　『髪《かみ》おろしたところ見てみたーい』とか言いながら、きらっきらの笑顔見せてくれるの嬉しくない？　女の子の笑顔は、俺たちが生きていく上での最大級のご褒美《ほうび》よ！　てことでいつにする？　なんなら次の部活も休んで——」

「やかましい！　前言撤回《てっかい》だ！　そこに直れ！」

「えっ、なんでまた怒っちゃった⁉」

由比は、ルカが腕に抱《だ》いていたファイルを引っ掴むと、大きく振りかぶった。

「理由が分からぬ貴様は、やはり存在自体が風紀違反《いはん》だ！」

「由比くん！　お願いだから、同じところはやめてあげて……！」

「わっ、ちょ、待っ——」

「成敗‼」

一方、同じ音楽室内で、

「あそこはまたやってますねー」

ルカ――というより、明と由比のやり取りを見ながら光緒《みつお》がぼやく。

「アッキー、あれって痛くないの？」

「音はすごいけど、手加減して叩いてると、信じてる……」

心配そうな顔をしている道貴と不思議そうに尋ねる壱に、ふかみが答えてくれる。

「ま、本当に嫌《いや》だったら明があういうことするのやめればいいだけですし？　痛くないのか明がMなのかのどっちかですよー」

何度か合同練習を続けていく内に、壱たちの中でも、明と由比のやり取りは日常となりつつある。

「FYA'M'の皆《みな》さんって仲良しですよね！」

「そーおー……？」

満面の笑みの道貴に対して、光緒が眉《まゆ》を顰《ひそ》める。謙遜《けんそん》でもなんでもなく、本気で疑問に思っているようだ。

「それを言うならそっちの方が仲いいと思いますよ？　あと練習始める前から交流あるって意味では別グループ同士もって感じ？」

袖《そで》で隠《かく》れた手で光緒が示すのは、自然と各自で分かれて練習や相談をし合っている面々である。

例えばそれは小学校の同級生だったルカと明であったり。

バイト先が同じの燐と舞斗であったり。

雨夜と朝晴に至っては血の繋《つな》がった家族なのだ。

「まあ？　オレとふかみんは超絶《ちょうぜつ》仲良しですけど！」

胸を張る光緒に、ふかみが嬉しそうな顔になった。

「ボクももっとみなさんと仲良くなれるように頑張《がんば》らなきゃ……！」

「オレ、みちたかとは仲良くなりたいと思ってますよー？」

「本当ですか⁉」

「二人で写真撮《と》ってSNSに上げたら可愛い高校生ってバズりそうだし？」

「う……可愛いよりはかっこいいって言われたいです。それに光緒君だってかっこい
――」

「だからオレは可愛いだってば！」

「道貴とミツが仲良くなるなら、じゃあ僕はふかみんと仲良くなったらいいのかな？」

「え……」

「仲良くしてくれる？」

首を傾げて壱は尋ねる。いつも壁際《かべぎわ》で存在感を消そうとしており儚《はかな》いイメージだったが、ふかみは細く見えても鍛《きた》えていて体は筋肉質だし、身長も壱たちよりずっと高い。

　下から覗き込めば、前髪《まえがみ》で覆《おお》われた顔も見える。

　ふかみは驚《おどろ》いたような瞳を壱へ向け、けれどすぐに柔《やわ》らかな表情になった。

「もちろん――」

「ふかみんって呼んでいいのはオレだけなのー！」

　そんな二人の間に光緒が割り込んだ。

「えー。なんで」

「なんでも！」

「ぼくはふかみんって呼ばれるの、嬉しいよ……？」

「ほら、ふかみんも言ってる」

「だからそれは……もー！」

　上手く言葉にできず吠《ほ》える光緒に、道貴がクスクスと笑う。

「アカペラ部に入ってから楽しいことばっかりです。ボク、こうやって合同練習できる日、楽しみなんです。次はいつになりますかね」

「ん～、多分次はちょっと先」

　壱とふかみを牽制《けんせい》しながら、光緒が言う。

「え、なんで？」

（雨夜、そんなこと言ってなかったけど……）

具体的な日付は聞いていないが、かといって妙《みょう》に予定が先だという話も聞いていない。

「それはぼくらが――」

「なーんでもないですよー。ね、ふかみん」

何か言おうとしたふかみを、笑顔で光緒が遮《さえぎ》る。光緒に瞳を向けられて、ふかみも唇を閉じた。

「「……？」」

どういうことか分からず壱と道貫はきょとんとする。

そして結局、ふかみが何を言おうとしたのかは分からないまま、合同練習は終わったのだった。

照りつける日差しと蟬《せみ》の声が、いつの間にか夏になっていることを告げていた。

「暑い……」

走りながら、壱は無意識にぼやく。垂れた汗《あせ》が額、頰、首へと伝い、制服のカッターシャツに吸い込まれる。

ふと小学生の集団とすれ違った。休日だからみんなで遊びに出かけているのだろう。アイスを食べているその姿を、壱はつい横目で追ってしまう。

「アイス……」

「合同練習が終わったらな」

小学生についていきそうになる壱の背中を、燐が押す。

「せっかくみんなに会えるのに、電車が止まっちゃうなんて思ってませんでした……！」

走りながらそう言うのは道貴だ。

彼の言う通り、合同練習の約束の時間からもう三十分以上経《た》ってしまっている。

「一応舞斗に、遅《おく》れるって連絡はしたから大丈夫だとは思うけどよ」

「僕も朝晴兄さんから連絡来てたよ。明さんと由比さんは用事があってお休みだって」

「明くんと一カ月ぶりに会えるって楽しみだったんだけど……残念」

「ルカ、合同練習がなくてもアッキーと会ったりはしてないんだ？」

合同練習がない間も連絡は取り合っているようだったので、てっきり遊んだりしていると思っていたのだが。

「明くん、忙しかったみたいで。連絡は取ってたんだけど、会ったりは全然」

「そういや舞斗もバイトのシフト少なめだったんだよなー。壱、舞斗、何か言ってたか？」

「ううん、特には」

「朝晴兄さん、学校でやることがあるって最近忙しそうにしてたんだけど……もしかしてアカペラ部が、だったのかな？」

だとすれば、合同練習が一カ月も空いてしまったことに納得《なっとく》がいく。

けれど雨夜がその理由を知らないのは、壱からしてみると不思議だった。

（晴さんでも、雨夜に言わないことってあるのかな？）

たまたま忙しくて話す機会がなかった、ということだろうか。

そんな話をしているうちに私立奏ケ坂《かなでざか》中学高等学校に着いた五人は、バタバタと音楽室に駆《か》け込んだ。

「悪い！　遅《おそ》くなった！」

燐の声に、舞斗、朝晴、光緒、ふかみが振り返る。

「遅れて、ごめんなさい……！」

「いいって。電車のせいだし仕方ないだろ。それより何か飲んでまずは休んどけって」

ぜえはあと肩で息をする道貫に、舞斗が苦笑する。

お言葉に甘えて、壱たちは荷物を下ろすと、持ってきていた飲み物をまずは飲むことにした。

「そのままで構いません。早速《さっそく》ですが、今日は練習前に伝えたいことが」

朝晴が、音楽室の机に置いていた何かを手に、雨夜へ歩み寄った。

「九月に、アカペラ合同ライブが開催《かいさい》されます。これは学生限定で、学生であれば誰でも出られますし審査《しんさ》もありませんよ」

言いながら雨夜に渡したのは一枚のチラシである。片手にペットボトルを持ったまま、雨夜がチラシを見る。壱たちも後ろから覗き込んだ。

「私たちはすでに申し込みましたが、貴方《あなた》たちも出てみませんか？」

「へえ……。駅前のイベントステージでやるんだね」

それなりに栄えている駅の名前がチラシに載《の》っていて、雨夜が目を通しながら呟く。

「マジで？　てことは人、結構集まるんじゃねえの？」

「それほどでもー。商店街のイベントですし、出場するのも毎回五バンドぐらいで、お客さんも十数人。通行人がちょっと立ち止まる程度で、初心者向きのイベントでーす」

光緒の説明をそのまま受け取るのであれば、なるほど、設立してまだおよそ三カ月——本格的な練習なんてまだ二カ月ほどしかしていない——の都立音和《おとわ》高校アカペラ部にはぴったりのイベントだった。

だが逆にいえば、他のイベントにも何度か参加しているFYA'M'とはイメージが合わない。

「そっちは初心者じゃないのに出るんだ」

「観客の反応を確かめるのと、自分たちの現在のレベルを測るのにちょうどいいんですよ。

うちの生徒たちの前で歌うのだと、どうしても贔屓目《ひいきめ》が入るので正しい判断がつけづらい」

「ふーん」

そう言われれば納得できて、壱は改めてチラシの内容を読む。

(今から二カ月後の九月頭……)

「みんなで楽しく歌えればいいって、大勢の前で歌うなんて考えてもなかったけど……。

僕たちも練習の成果を発表するっていう意味では、出るのもありなのかな」

「そうだな。ただ練習してるだけってのも張り合いがねえし。ありじゃね？」

「でも、こういうのって曲はどうすればいいんですか？　いつものカバー曲、使っていいものでしょうか……」

「可能ですが、せっかくです。オリジナル曲で出場してみては？」

朝晴の言葉に、壱たち五人は声を揃《そろ》えて「え？」と聞き返す。

「んなもん、持ってるわけねえじゃん。俺ら、作曲なんてできねえしな」

「そう言うと思いまして、こちらで用意させていただきました」

「兄さん、いつの間に……」

雨夜が本気で驚いている。イベントのことも曲のことも、本当に初耳らしい。

「作曲をしてるのは知ってたけど、まさか僕たちのために……？」

「さほど感謝はしなくて結構。作曲したはいいですが、私たちのイメージには合わず、お蔵入《くら い》りしていたのを差し上げるだけです」

（オリジナルで……みんなの前で……）

想像するとドキドキしてきて、壱は胸元《むなもと》を握り締める。もちろん不安のドキドキではない。逆だ。

それは燐や雨夜、道貫も同じらしく、緊張《きんちょう》はしているものの、みんなの顔は綻《ほころ》んでいた。ただ——。

「嬉しいけど……大丈夫かな……」

ルカだけが、おずおずとそう口にする。

「んだよ、何にビビってんだ？」

舞斗に聞き返されて、ルカは「だって……」と視線を彷徨《さまよ》わせた。

「オレたち練習では歌ってきたけど、こんな本格的なのはしたことないんだよ？　その上、いきなりオリジナルって……」

「んじゃ、ずっと狭《せま》い教室でだけ歌ってんのか？　この二カ月、みっちり練習して上手くなってんのに、誰かに聞いてもらいたいって気持ちになんねえの？」

「あ、えっと……ならないわけじゃない……と、思う」

それは本心ではあるのだろう。けれど最近では幾分《いくぶん》かマシになってきたとはいえ、ルカの性格を思えば、消極的になってしまうのも無理はない。

「上手くなった演奏を披露《ひろう》する場所も、てめえの自信をつけられる場所も逃《のが》してんじゃねえよ」

なかなか自信の持てないルカの気持ちも、練習に付き合ってきてくれたからこそ成果を発揮してほしいという舞斗の言いたいことも理解できて、壱は交互《こうご》に二人の顔を見る。

「つかこんなんでビビってたら、『アオペラ』出場なんて夢のまた夢だな」

「アオペラ……？　って、何？」

「確か、テレビでも放映されてるコンテストだよね」

首を傾げる壱に答えたのは雨夜だ。

「全国規模で、参加できるのは高校生限定……だったかな」

「ご名答でーす。青春《あおはる》プラスアカペラで、『アオペラ』。高校野球の甲子園《こうしえん》、アカペラ版って感じ？」

「ね？」と光緒がふかみを振り返る。目が合い、ふかみはこくりと頷いた。

「年に二回、夏と冬にあるんだ。地区予選から始まって……そこで勝つと、全国大会に出場できる……。夏の予選は終わってて……全国は八月。みんなで、見に行く予定……」

「見に行くって……みなさんは参加しなかったんですか？」

「したぜ、初参加。で、地区予選敗退。ギリギリ、全国に進めなかったんだよな」

ハア、と舞斗が溜め息を吐く。

おとなしい様子が予想外で、壱の目が丸くなった。

「舞斗、悔《くや》しくないいんだ。いつもなら、勝負事で負けるとすごい悔しがるのに……」

「アオペラは、そんじょそこらのイベントとはわけが違う。さすがに一回で優勝できるもんじゃねえよ。だから、そこは割り切ってるっつーか」

「そもそも私たちは、焦点《しょうてん》を今年の冬に当てていました。夏は自分たちがどの程度までいけるのか、という偵察《ていさつ》の意味合いが大きかったんです。おかげで自分たちのレベルや悪い点、冬への傾向《けいこう》と対策もできました」

朝晴も悔しがっている様子はない。むしろ微笑する姿には余裕《よゆう》さえ感じられた。

「俺としては今回の夏も、他の学校がどこまで仕上げてくるか楽しみでさ！」

「ぼくも……気になる学校、ある。あのまま終わるとは、思えない……」

「だよなー、ふかみ。ま、冬に勝つのは俺らだけどな」

（舞斗、大人になったんだなあ……）

にやりと笑う舞斗を見て、壱は思う。幼稚園《ようちえん》の頃《ころ》のように、悔しがって大泣きしていた彼はもういないのだ。

（そっか。合同練習まで一カ月空いたのも、FYA'M'がアオペラに向けて練習したり、予選に参加したりしてたからだったんだ）

「アオペラに……」

ふと雨夜が小さく呟くのが聞こえて、壱は横を向く。

雨夜はじっと朝晴を見つめていた。何か言いたげな瞳に朝晴が気づいている様子はない。

……いや、気づいていないフリをしている？

「すごいですっ、応援《おうえん》しますね！」

そんな雨夜と朝晴に感づかず、道貴が笑顔で言った。

「おや、他人事《ひとごと》ですね」

「あ、いえ、あの、ボクたちは合同ライブすらどうするか迷っているぐらいですし、曲だって覚えてもいない状況《じょうきょう》なので……」

「いーんじゃないです？　強制でもないし、ライバルは少ないに越《こ》したこともないですし」

「僕らが、朝晴兄さんたちのライバルにはまだなれないよ。上達したとはいえ、レベルは雲泥《うんでい》の差《さ》じゃないかな」

雨夜が苦笑したところでやっと、朝晴が雨夜を見た。

（……晴さんも、何か言いたそう）

雨夜が先ほど、朝晴に向けていたように。朝晴も雨夜を見つめている。といってもお互《たが》いの表情は全く違うものだが――。

「……ともかく、何事も経験値は必要です」

しかしすぐに朝晴は雨夜から視線を外し、燐、道貴、ルカ、そして壱と、それぞれに顔を向けた。

「一度ぐらいのつもりで、合同ライブには出てみなさい。他のバンドの歌声を聴《き》くのも勉強になりますしね」

五人は顔を見合わせる。

「壱、みんなも、どうする？」

「晴さんに賛成」

訊《き》いてきた雨夜に、壱は即座《そくざ》に答えた。

「上手くなる手段として、一回ぐらい挑戦《ちょうせん》するのはありだと思う」

「俺も構わないぜ」

「ボクもです！」

歌うことに乗り気な燐と道貴も、すぐに壱に続いた。

対してルカは悩《なや》むような素振《そぶ》りを見せていた。だが壱と目が合うと、そっと手を挙げる。

「みんながいいなら……」

「じゃあ僕、申し込んでおくね」

「ありがと、雨夜」

「きーまり」

拍手《はくしゅ》ののち、光緒は袖で口元を隠して笑う。

「合同ライブの開催は二カ月後だし、誰でも参加できるとはいえ、どのバンドもちゃんと練習しての演奏ですよ。頑張って練習してくださいませよー」

「あー……そりゃそうだよな。気楽に参加できるからって、手ぇ抜くのはよくねえし……気合入れるか！」

「最初から最後まで、歌いきるのを目指すよ」

「目標設定がだいぶ低い気がするけど……意気込《いきご》みすぎて空回りするより、それぐらいがいいのかもね」

「うーっ、でもボク、もう緊張してきました。ステージに立った途端、頭が真っ白になって歌詞、忘れませんように……！」

「道貴くんなら大丈夫だよ。問題は、オレかな……」

「ルカ君……」

不安そうにするルカを、道貴だけでなく、壱も燐も、雨夜も見つめる。

ルカはそんなみんなに気づくと、慌てたように首を横に振った。

「せめて声が裏返らないよう、みんなのためにも頑張るよ」

緊張を隠せないながらも、ルカは前向きだ。

——こうして壱たちは、二カ月後に初めてステージでアカペラを披露することを決めたのだった。

週明けの昼休み、壱たちは部室に集まっていた。

椅子に座ってみんなが囲んでいるのは、学校の備品のプレイヤーである。再生しているのは、合同練習の際に朝晴からもらったオリジナル曲だ。

「――晴さん、すっごいね⁉」

聴き終えて、しばらく誰も何も言わなかった。そしてやっと、まず口にしたのは壱だ。

「うん、オレもすごいしか言えない……」

「いや、マジでやべえわ。俺、鳥肌《とりはだ》立った」

「これ、本当にボクたちがもらっていいんですか⁉」

「うん。代わりに……『ちゃんとした出来にしていただかないと承知しませんよ』だって」

「雨夜、晴さんの真似、上手」

「あはは。双子だからね」

「でも確かにこれ、あいつらっぽい感じじゃないかもな。爽やかっつーか。ほら、あいつらが歌ってたオリジナル曲って、もっとこう大人っぽい感じだったじゃん？」

「『Think About U』ですか？」

「そうそう、それ。道貴、よく覚えてるな」

「ともかく、曲は今聴いてもらったから。これに合わせた歌詞をみんなで考えるのと、パート分けもしていかないとね。パートは……また、道貴さん、お願いできるかな？」

「はいっ」

雨夜に名指しされ、道貴は拳《こぶし》で自分の胸を叩く。

「任せてくださ――げほっ、ごほっ」

そして強く叩きすぎて咳《せ》き込んだ。

「大丈夫か～？　道貴」

「だ、大丈夫です……！」

道貴のドジにも慣れたもので、部室は和《なご》やかな空気に包まれる。

「それじゃあ歌詞なんだけど……まずはテーマを決めることから始めるのがいいと思うんだ。何を伝えたいのか、何を歌いたいのか。それが決まらないと、まとまりがなくなると思う」

「テーマ……」

テーマを決める。言うのは簡単だが、じゃあ実際何にしようか、と言われても、誰も意見を出すことができなかった。

(何を伝えたい……何を歌いたい……そもそも、何がしたくて、アカペラをしたいって思ったんだろう？)

きっかけは、舞斗たちが歌っているのが楽しそうで、自分もしてみたいと思ったからだ。

だがそれは、アカペラ部を作って、練習で歌っていれば叶《かな》ってしまった。

けれどそれで満足しているのかというと――。

(それは違う、んだけど……)

かといって、上手く説明できない。

「んー……？」

腕を組み、首を捻《ひね》る。

みんなでそうやって悩んでいる内にチャイムが鳴ってしまい、続きは放課後に持ち越された。

それからも歌詞について考える日々が続いた。しかし全くまとまらないまま、時間が過ぎていくばかりだった。

幸いにもパート分けは道貫が考えてくれたので、「ラララ」と歌うことで練習はできるが、いつまでもそうするわけにはいかない。

ということで、壱は休み時間に教室で、燐と雨夜と顔を突《つ》き合《あ》わせていた。

机に広げたノートに、それぞれ思いついた単語やフレーズを書き留めていく。の、だが。

「……あ～っ、分っかんねー！」

シャーペンを放り出し、燐がぐしゃぐしゃと頭を掻きむしる。

「テーマも決まってねえのに言葉なんて出てこねえよ！　でもそのテーマってのがよく分かんねえし決まんねえし！　作詞の本とか読んでみたけど、まずはテーマとジャンルを決めましょうって、それが分かんねえから聞きてえのにぃぃぃ」

ずっと真面目に考えていた分、爆発してしまったようだ。そのまま燐は机に突っ伏《ぶ》した。

壱もノートにシャーペンの先をつけるが、特に言葉は浮かばず、ぐるぐると黒い丸を書くだけで終わってしまう。

「作詞のこと、晴さんに聞いたら教えてくれるかな？　ねえ、雨夜」

「……」

雨夜は、ノートを見つめたまま動かない。眉《まゆ》を顰め、唇を固く引き結んでいる。

「雨夜？」

どうしたのだろう。そう思って、壱はハッとなった。

「ごめん、雨夜」

「……え？　え⁉　ど、どうしたの、壱」

「曲をもらって、それで作詞まで晴さんに聞いたら、ダメだよね……怒らせてごめん」

雨夜の表情が険しい理由を、壱はそう推測したのだった。

対して雨夜は、困惑《こんわく》したように何度も首を左右に振る。

「いつ僕が怒ったの？　怒ってないよ⁉」

「でも雨夜、難しい顔してたし……」

「それは……」

「確かに、作詞に悩んでるって感じじゃなかったよな」

燐も指摘《してき》しなかっただけで、雨夜の様子がおかしいことに気づいていたようだ。

「どうした？　何かあったのか？」

「別に……」

頬杖《ほおづえ》をついて見つめてくる燐から、雨夜は顔を背《そむ》ける。けれどその先には同じように雨夜を見る壱がいて、逃《に》げられないと悟《さと》ったらしい。

「僕がただ、考えすぎてるだけだよ？」

そう前置きをしつつ、

「アオペラに参加していたこと、朝晴兄さんが教えてくれなかったのがずっと引っかかってて……」

と、肩を落とした。

「僕たちがアカペラ部を作るってなったとき、兄さん、いいですねって応援してくれたんだ。合同練習だって快く一緒にしてくれてたし、ダメなところも、いいところも指摘してくれて……。僕、兄さんと一緒にアカペラができて楽しかった。けど……合同練習ができなかったあの一カ月、忙しいからってことしか聞かされてなかった。アオペラのことなんて、一言もなくて……話してくれなかったのって、話す価値がない——僕たちのアカペラが、兄さんに認められるようなものじゃなかったのかなって……」

「雨夜……」

　壱は、前にファミレスで、楽しそうに朝晴のことを話していた雨夜の姿を思い出した。

　そして、合同練習で朝晴を見つめていた、寂《さび》しそうな雨夜の横顔も。

「ずっと気にしないようにしてたんだけど……二人の前じゃ、ダメだね」

　逆に道貫とルカの前では、先輩らしくいようと気を張っていたらしい。

「気ぃくらい抜いとけよ。気にしねえし」

「うん。雨夜はもっと抜いた方がいいよ」

「壱を見習えよー。こいつのマイペース」

「ありがとう」

「褒めてねえよ！　そういうとこだぞ！」

「あはは」

　眉間の皺が消え、代わりに雨夜が両目を細めて笑う。

「ごめんね、変なこと言って。気持ちを切り替えないと。いつまでもラララで練習するわけにはいかないからね。もう気にしないよ」

　雨夜はシャーペンを持ち直すと、テーマとは、ジャンルとは、と、歌詞を作るにあたっての課題をノートにまとめていく。

（……雨夜、気にしないって言ったけど、絶対嘘だ）

　どれだけ取り繕《つくろ》っても、壱には分かってしまう。

そしてそれは恐《おそ》らく、燐も。

（どうしよう、燐）

心の中で尋ねるが、かといってどうしようもできないのだった。

雨夜が掃除《そうじ》当番ということもあり、放課後、壱と燐は先に部室へ向かっていた。

「壱先輩、シャンシャン先輩！」

廊下《ろうか》を歩いていると、道貴と遭遇《そうぐう》する。

「あれ？　なんで道貴、二年の廊下にいるの？」

部室とここは全然違う方角だ。つまり道貴は、二年生の誰かに会いにわざわざ来た、ということである。

「実はルカ君のことで……」

「ルカ？　どうしたの？」

「合同ライブに緊張してるのは、壱先輩もシャンシャン先輩も知ってますよね？」

「ああ。言ったら逆にプレッシャーになりそうで言ってねえけど」

「ボクもそう思ってたんですけど、今日見たルカ君、明らかに寝不足《ねぶそく》で……聞いたら、最近夜、不安で眠れないらしくて……」

「マジか……」

不安がっていることには気づいていたが、まさかそこまでとは燐も思っていなかったようだ。

「相談に乗ったりしてますが……このままじゃルカ君、本番前に倒れちゃうんじゃないかって。どうしましょう」

自分だけではどうしようもないと、道貫は壱たちを頼って来てくれたようだ。

しかし具体的にどうすればいいのか、壱もすぐには浮かばない。

(作詞に、雨夜に、ルカに……)

むしろ考えることが山積みで、ぐるぐると頭を悩ませるのだった。

その日、壱は燐のバイト先であるファミレスに向かって歩いていた。

(全然ダメだった)

思い返すのは数時間前のことだ。

燐はバイト、道貫はカフェを手伝わなければいけないということで、今日の放課後の部活は壱、雨夜、ルカの三人で行った。三人で作詞を進められたらと思ったのだ。

けれど壱はなかなか歌詞が浮かばず、雨夜は朝晴のことが気にかかって上の空、ルカは寝不足で始終うつらうつらしており、結局早めの解散となってしまった。

（ルカはふらふらしながら帰ってったし、雨夜も僕のこと家まで送ってくれたけどぼーっとしたままだったし）

帰宅したもののどうにもできなかったことが気にかかり、燐に相談できないかと、壱は家を出て今ここにいるのだった。

（舞斗もいたら、相談してみようかな。二人のバイトが終わるまで待って……）

「あれー、壱ちゃん？」

ふと声が聞こえて壱は顔を上げる。

向こうから制服姿の明が歩いてくるところだった。

「えー、こんなところで会うなんて奇遇《きぐう》だね。一人？」

「ん。アッキーは？」

「俺も。女の子たちとデートの約束があったんだけど、なくなっちゃったのよ。で、他に一緒できる子いないか探してたとこ」

「ふーん」

「そうだ、壱ちゃんも一緒に来ない？　俺の友達、みんないい子ばっかりだからさ。楽しいと思うよ！　みんなも壱ちゃんのこと気に入ると思うな」

「ね、ね？」と笑顔の明を、壱は見つめ返す。

「――分かった。一緒しよ」

「ほんと!? やった！」

「僕と一緒に、来て」

「へ？　え？　あれぇ？」

明の腕を掴み、壱は歩き出した。


その後、壱は明と共に公園にいた。

「いやー、ルカちゃんから聞いてたけど、壱ちゃんって本当に方向音痴《おんち》なのね？」

「ごめん」

明をファミレスに連れて行きたかったのだが、何故か道を間違《まちが》えてしまい、行き先を見失ってしまった。

壱が困っていると、明が「じゃあとりあえずどっか座る？」と、近くの公園に案内してくれたのだった。

「女の子から強引《ごういん》に誘われることはあったけど、男からは初めてよ？」

言いながら、明が自販機《じはんき》を見かけて歩み寄っていく。

「壱ちゃんも何か飲む？　お茶でいい？」

「あ、お金返す」

「壱ちゃんったら律儀《りちぎ》～」

二人分のお茶のペットボトルを手に、明が横にあったベンチに座った。壱も隣に並ぶ。

「はい」

「ね、なんでアオペラに出たこと教えてくれなかったの？　意地悪とかじゃないよね？」

明からペットボトルを受け取りながら、壱は切り出した。

突然の話題に、明は一瞬驚《いっしゅんおどろ》いたような顔をしたが、すぐに微笑《ほほえ》むと蓋を開ける。

「違うよ。夏の部は視察的な意味合いが強かったし、わざわざ観《み》に来《き》てほしいとかそういうのもなかったから」

「そうなんだ」

「……っていうのは建前で。もちろんそれも理由の一つではあるけど」

「え？」

ペットボトルに口をつけて中身を喉に流した明が苦笑する。

「全国大会に出場が決まったら教えようと思ってたのよ」

「なんで？　先に教えてくれても……」

「だって意気揚々《いきようよう》と参加して落ちたら恥ずかしいじゃん。ルカちゃんにかっこ悪いところ見せたくないし。だから意地悪で教えなかったわけじゃないよ」

「僕たちを認めてないからとかでもなく？」

「認めない？　なんで？　あんなに頑張ってる壱ちゃんたちのこと、認めないわけないでしょ。もしかして、だから教えなかったと思った？」

「事情があるんだろうなとも思ってたけど……少しだけ？」

「勘違《かんちが》いさせてたならごめんね。でもあり得ないから」

「晴さんもそう思ってる？」

「思ってるでしょー。口では視察の意味合いが強いから教える必要はない、みたいなこと言ってたけどー。でも朝晴ちゃんって、弟にかっこ悪いところ絶対見せたくないタイプじゃない？　野外ステージのときも、弟が来るからって気合入れてたし」

「そっか」

雨夜が落ち込む必要はないのだと知って、壱はほっと息を吐いた。

(雨夜に教えてあげないと)

安堵《あんど》したら一気に喉が渇《かわ》いてきて、壱もペットボトルの蓋を開けると中身を飲む。

「ところで壱ちゃん」

「なに？」

「ルカちゃん、どう？」

「んー……普段通りに振る舞《ま》おうとはしてるけど、不安みたい。最近眠そう」

「やっぱりかー。合同ライブに参加するって決めたときもちょい後ろ向きだったしなー」

「ルカはすごいのに」

迷いながら歌っているせいか、声が細かったりすることはある。けれどその中に時折、芯《しん》の通った歌声が混じることがあり、そんなとき、壱たちは聴き惚《ほ》れてしまうのだ。

「本当にねー。でもすごいって、自分じゃ分からないから。人に評価してもらわないと」

「人に……」

(僕らが言っても、まだルカは自信が持てない……。じゃあ他の人に言ってもらったらいいのかな？　他のみんなに――)

「ねえ、アッキー」

「んー？」

「お願いがあるんだけど……」

その日は珍しく、壱が先に音楽室へ行って鍵《かぎ》を開けておくとのことだった。

「ねえ燐。壱、ちょっと変じゃなかった？」

「ああ。ホームルーム終わった途端飛び出していったな」

燐と並んで廊下を歩きながら、雨夜は首を捻る。

「ちょうど僕と燐が掃除当番だったから、別にそうなるのは自然なんだけど……」

ただ普段の壱であれば、「じゃあ二人が終わるの待ってるね」とか、「先行ってるね」とのんびり行くかのどちらかだ。それなのにわざわざ走って行ったのがおかしい。

「部長としてとか、朝晴みたいにリーダーとしての自覚が出てきた、とか？」

そう言って、ははっ、と燐は笑う。

「ねえな、あいつに限って」

そしてそう、雨夜が何か言う前に自分でツッコミを入れているのだった。

（朝晴兄さん……）

忘れようとしていたモヤモヤが、また雨夜の胸に浮上《ふじょう》する。

（僕、いつまで引きずってるんだろ）

たかが部の活動を教えてもらえなかったくらいで。

（そもそも兄さんがアカペラ部を作ったのだって事後報告だったじゃないか。それと同じだと考えれば別に……）

そのときはこんなにショックを受けていなかったように思う。

双子だからといって、雨夜は朝晴と自分を同一視まではしていない。別に朝晴のすべてを知りたいとか、そういうことまでは思っていないはずなのに。

（一緒に同じことを……アカペラをできて、僕はすごく楽しかった。兄さんもそうだと思ってた。でも、そうじゃなかったのかな……）

そんな思いがずっと胸のうちで渦巻《うずま》いていて、気分が落ち込むばかりだった。

音楽室のある廊下を歩いていた雨夜は、道貴とルカを発見する。

「あれ？　あの二人どうしたんだろ」

音楽室の前で立ち止まっている二人の姿に、雨夜と燐は揃って首を傾げる。

「おーい、道貴、ルカ、何してんだ？」

「シャンシャン先輩！　雨夜先輩！」

「あの、中に……」

ルカの言葉を遮るように、音楽室から誰かが顔を出す。

「よっ」

「舞斗!?」

想定してない人物の登場に、燐が素《す》っ頓狂《とんきょう》な声を上げた。

慌てて音楽室に駆け寄った雨夜が中を覗き込めば、壱と、そしてFYA'M'の姿があった。

「え？　え？　なんで朝晴兄さんたちが……」

「僕が呼んだの」

「な、なんで？　壱」

壱が急いで音楽室に向かったのはFYA'M'が来るからだったらしい、というのは分かったが。そもそも合同練習でもないのにどうして彼らを呼んだのか分からない。

(朝晴兄さんから今日来るなんてことも言われてなかったけど……)

朝晴を見れば、彼はにこりと笑んだ。

「たまには私たちが招かれる側、というのも悪くないですね」

「いっちーが強引なのなんて意外でしたけど。まあオレそういうの嫌《きら》いじゃないんで」

「うむ。楽しみだ」

「一体どういうこと？　壱」

「最近なんか上手く進んでなかったから……気分転換？」

「気分転換って……」

言いかけて、雨夜は壱の意図に気づく。

(もしかしてルカさんのため？　普段と違うことをして、気持ちを切り替えようっていう)

今回の発案者が壱ということは、壱が明に相談でもして、計画したのだろう。

「びっくりさせんなよな、壱。けどせっかく来てくれたんだし……やるっきゃねえか」

「ですね！　頑張ります！」

燐と道貴は前向きだ。

「うぅ……」

その後ろではルカが青い顔をしている。壱は気分転換と言ったが、果たしてあの様子の彼に上手く作用するだろうか。

それに——雨夜はどちらかというと、ルカと同じ気持ちだった。

(歌うって……朝晴兄さんに認めてもらえていない状態で？)

心臓が冷たく高鳴ってしまう。今なら、自信が持てないと言ったルカの気持ちがよく分かった。

「ね、晴さん」

唇を噛《か》む雨夜の横から、壱が朝晴を呼んだ。

「はい、何でしょう」

「お願いがあるんだ。僕らのアカペラがすごいと思ったら、雨夜に、アオペラに参加していたのを秘密にしていた理由、言ってほしい」

「え……」

雨夜は目を瞬《しばたた》かせる。それは、壱と雨夜へ歩み寄ってきた朝晴も同じだった。

「雨夜、晴さんから直接聞きたいと思う」

「それはどういう意味で——」

「壱……」

(もしかしてルカさんだけじゃなくて、僕のことも考えて……?)

教えてくれなかったことを気にしてはいたが、雨夜はそれを直接、朝晴には言えなかった。認めていない、とはっきり言われるのが怖かったからだ。

(……でもそれでずっと落ち込んで部活動に身が入ってなかったら、ダメだよね)

ふと雨夜は、部長を選ぶ際に自分が壱を指差したときのことを思い出す。

面倒見《めんどうみ》のいい燐ではなく、前向きな道貴ではなく、優しいルカではなく、ましてや自分でもなく。壱を選んだのは、こういった行動力が、自分たちを引っ張っていってくれるに違いないと思ったからだ。

(ルカさんのために、僕のために行動してくれるところ、部長っぽい)

だったらその気持ちに応えなければ。

「――朝晴兄さん」

深呼吸して、雨夜は朝晴を見つめる。

「僕、兄さんに認めてもらえるように頑張るよ」

(認められなかったんだったら、今、認めてもらえばいいんだ)

決意も込《こ》めて、雨夜は拳を握り締めた。

――気合を入れるあまり、何か言いたげな朝晴の様子には気づかないまま。

壱と雨夜と朝晴がそんな話をしている一方。

「あーあー……ンンッ」

「ボク、歌う前にのど飴舐《あめな》めときます！」

発声練習をしたり、喉を万全《ばんぜん》な状態に整えたりする燐と道貴の後ろで、ルカはみんなに背を向けて俯いていた。今にも爆発しそうな心臓を鎮《しず》めようと、胸に手を当てる。

（壱くん、なんでいきなり!?　先に言ってくれたら心構えもできたのにっ。しかもただの合同練習じゃなくて、披露だなんて……！）

つまり渾身《こんしん》のものをFYA'M'に見せなくてはいけない。

そう思ったらさらに胸が苦しくなってくる。

（精いっぱい歌ってこんなものって思われたら……普段練習で歌うときに手を抜いてるってわけでもないけど……それより、オレが上手く歌えないせいで――）

「ルーカちゃん」

肩を叩かれて振り返る。

「明くん……」

「緊張してるみたいだけど大丈夫？　隈《くま》もひどいねー。眠れてない感じ？」

「う、うん……イベントのこと考えるとどうしても怖くて……」

「ルカちゃんったら、そんなに頑張ってるのにどうして怖いの？」

顔を覗き込まれて、ルカは思わず視線を彷徨わせる。

「………オレが上手く歌えなかったら」

「うん」

「みんなも、下手だなって思われる、から……。それでみんなが離れてくのが、怖い……」

自分一人が失敗するのは、自分だけが責任を取ればいい。けれど頑張っているみんなの評価が自分のせいで落ちるのは嫌だった。

（アカペラ部のみんなは優しくて、毎日が楽しくて……だからここにいられなくなるのがすごく……）

眠れなくなるほどの緊張と不安の理由を吐露《とろ》すれば、

「そんなこと絶対ありません！」

話を聞いていたらしい道貴が割り込んできた。

「失敗くらいでルカ君のことを、イヤだ～とか、思うわけないじゃないですか！」

「そうだよ、ルカ」

さらには朝晴との話が終わったらしい壱が、雨夜と共にやって来る。

「で、でも……みんな全然失敗とかしないし……」

「してるっつーの。合同練習で、俺がどれだけ舞斗たちに言われてるか聞いてなかったわけじゃねえだろ。そもそも俺だって、言わねえだけでソワソワして落ち着かなくて、それでミスるときも全然あるからな？」

「燐くんが……⁉」

意外だ。いつも余裕そうに見えていたのに。

「失敗が怖い気持ちも分かるよ。だけどルカさんが頑張ってること、僕らも知ってるから。だから嫌いになるとか、そういうことはないよ。絶対」

（雨夜くんまで……）

みんなの言葉が嬉しくて、うるさかった心臓も少しずつ落ち着いてくる。

「小学生のときあんなに努力したルカちゃんだもん。できないはずないよ」

「小学生のとき？」

「あ……オレ、昔太ってて。でも明くんのおかげで痩《や》せられたんだ」

そういえばこの話はしたことなかったな、と、壱に答える。

「ルカが⁉　そうなのか⁉　どうやって……」

まじまじと燐に見つめられて、ルカは少し照れくさくなった。

「別に俺のおかげじゃないって。それにその話はあとあと。今はほら、俺らに歌、聴かせてくれるんでしょ？」

「そうだ、中庭で聴かせてもらうのはどーです？　放課後で人もいるから、合同ライブに向けて人前で歌う練習にもなるですよ？」

「おっ、いいな、それ。最近作詞ばっかだったから、外でのびのび歌ったら気持ちよさそうだし」

「え、え、中庭？」

話が勝手に進んでしまい、ルカは慌てる。

そんなルカの背中を、ぽん、と壱が叩いた。

「できなくてもいいよ。ルカのできないところは僕が――ううん、みんなが補うから。前に言ったでしょ？」

「壱くん――」

壱の言葉は、するっとルカの中に入り込んでくる。

(みんな嘘なんか言わない。みんなを信じないことの方が失礼だ)

そう思ったら、あんなにうるさかった心臓の鼓動《こどう》が治まっていることに、ルカは気づいたのだった。

その後、中庭に移動した壱たちは、「せーの」と歌い出した。

放課後の音和高校にアカペラが響《ひび》き渡る。

FYA'M'はもちろん、中庭にいた生徒が、なんだろうと足を止めて壱たちに注目する。

廊下にいた生徒が。教室にいた生徒が。部活動に励《はげ》んでいた生徒が。校舎にいた先生が。

風に乗って聞こえてくるアカペラに、楽しそうに耳を傾《かたむ》けていた。

壱たちが歌い終えると、大きな拍手が聞こえてきた。

「え……」

拍手は、目の前にいるFYA'M'だけではない。いつの間にか集まっていた生徒たちを始め、校舎から覗いている生徒や先生たちまでもが、賞賛を送ってくれていたのだった。

「お前らすげえな！」

窓から声をかけてきたのは、壱と燐、雨夜の同級生だ。

他にも、道貴のクラスメイトらしい生徒や、いつぞやルカを勧誘《かんゆう》していた茶道《さどう》部員、バスケ部員の姿もある。

「えっと……」

(どうしよう)

壱は燐と雨夜を見る。二人も、今の状況に困惑しているようだ。

だが困惑以上に、これだけの人が自分たちのアカペラを聴いて、しかも拍手を送ってくれたことを嬉しく思っているのが分かる。道貴とルカも、もちろん壱もだ。

感謝を伝えたくて、壱はその場で頭を下げた。他の四人も続く。

するとますます拍手が強くなった。

(なんだろ、この気持ち)

胸《むね》の奥がぎゅーっと締めつけられる。でも、嫌じゃない。むしろ心地《ここち》よかった。

──それからしばらくして、生徒《観客》たちが戻《もど》っていったあと。

「大盛況《だいせいきょう》でしたね」

改めて、朝晴が声をかけてきた。

「リラックスしているからでしょうか、いつもより声が伸びていましたよ。ただ、オリジナル曲を披露してくれるかと思っていたのですが」

「歌詞がまだで。今、頑張ってる」

「……まあいいでしょう。それは合同ライブの日まで取っておいてください」

心の底から納得したのかは分からないが、朝晴はそう言って笑った。

「それで……朝晴兄さん、僕ら、どうだったかな？」

「先ほどの皆さんの反応から、分かるでしょう？」

パァッと雨夜の表情が輝く。他のみんなも同じだった。

「じゃあ晴さん。約束。僕らにアオペラに参加したの教えなかった理由、教えて？」

「それは……」

壱が切り出せば、珍しく朝晴が言《い》い淀《よど》んだ。

「……あとで雨夜君に直接言いますので」

「やだ。今がいい」

「いいじゃん、朝晴ちゃん。壱ちゃんたち、俺らが意地悪で教えてくれなかったんじゃって心配してたんだから」

「別に意地悪とは思ってなかったですけど……。でも、寂しいなあとは、思ってました……」

「な。水くせえっつーか」

明に、道貴と燐も続く。

「あんときは言わなかったけど、アオペラに出たって聞いて驚いたんだぞ？」

燐がじとっとした瞳で舞斗を見る。舞斗は居心地悪《いごこちわる》そうに、そんな燐から顔を背けた。

「——地区予選で落ちる可能性が大いにありましたし……何より、雨夜君《貴方》に話すと壱君たちにも伝わってしまうでしょう？　舞斗君はそれを良しとしていなかった。だから言わなかった、それだけです」

「そ、それは俺だけじゃねえだろ。朝晴も、光緒と明だって……！」

「オレに振らないでほしいんですけどー！」

「ということは、由比先輩とふかみ先輩は特にそうじゃなかったんですか？」

道貴に訊かれて、二人が頷く。

「ああ。俺はどちらかというと皆に来てほしかったが……」

「全国大会に出てからがいいって、宗円寺くんたちが」

「じゃ、じゃあ、僕らが兄さんに認められてないから言わなかった……ってわけじゃないんだね!?」

「いつ誰がそんなことを言いましたか」

「よかったぁ……」

目に見えて雨夜が安堵する。

その横で壱は「ん？」と眉を顰めた。

「どうしたの、壱くん」

「でも晴さんも雨夜に、負けるところ見られたくなかったんだよね？」

そう言い出した壱に、明が「やめて！」と両手を振る。が、残念ながら壱は気づかない。

「晴さん、雨夜にかっこ悪いところ見せたくないいか――」

「壱ちゃんお口チャック！」

「むぐっ」

駆け寄ってきた明が慌てたように壱の唇を塞《ふさ》ぐが、もう遅い。

「え……そう、なの？　兄さん」

「…………」

朝晴はいつもの笑みを浮かべて無言だ。ただしその唇の端が、微妙《びみょう》に引きつっている。

「あはっ、はるさんの珍しい瞬間、げーきしゃ――」

「光緒、やめとけ」

「うむ。あれは……やめた方がいい」

「あとで大変、かも……」

スマホを構えようとした光緒を、舞斗と由比、ふかみまでもが止めていた。

「……明君」

「違う、違うの、朝晴ちゃん。俺はただそうじゃないかなーっていうのを話しただけで、別に他意も何も……」

「分かりました。ですが、あとでゆっくりお話ししましょうか？」

今まで見たことがない朝晴の笑顔は、見ているこちらが逆に薄《うす》ら寒《さむ》くなるほどだった。

「ハイ……」

聞き間違いだろうか。俺死ぬんだ……と明が呟くのが、壱の耳に届いた。

「あの、兄さん。僕は兄さんがかっこ悪いとか思わないよ。審査員の人が今回は……って判断したかもしれないけど、でも、僕は兄さんが一番かっこいいと思ってるよ！」

自分たちに話してくれなかった本当の理由が、よほど嬉しかったのだろう。頬を紅潮させた雨夜が強い口調で言う。

「……ありがとう、ございます」

対して朝晴は、どう反応すればいいのか分からなかったらしい。応える声は曖昧《あいまい》だ。

「だから……次は、ちゃんと教えてほしいな」

「……分かりました」

「お前らもだからな！」

「分かったよ。悪かったな」

燐と舞斗の声を合図に、ワイワイとした空気が戻ってくる。

「あー、はじめたちの聴いてたら、俺もやる気出てきた！　はじめ、今日このまま合同練習って形に切り替えてもいいのか？」

舞斗に訊かれて、壱は首を縦に振る。元々そのつもりで、先生から許可はもらっていた。

「ではこのまま、練習へ移りましょうか」

朝晴の掛《か》け声《ごえ》に、全員が「はい！」と元気よく返事をした。


気の済むまで合同練習を行い、FYA'M'が先に帰った頃にはもう日も沈《しず》みかけていた。

「つ、疲れた……」

「ですね～……今日、みんないつにも増してスパルタだったような気がします」

音楽室で、壱は道貫と並んでイスに座り、背もたれに体を預けていた。

ちなみに燐とルカは壁《かべ》に背中を預けて体を休め、雨夜は窓際に立っている。

「でもでも、それがなんだか嬉しかったです！　こう、ボクたちならできるぞ！　って感じで」

できないと判断すれば、朝晴たちがアドバイスすることなどないだろう。細かく指摘をするのは、壱たちなら改善できると思ってくれているからだ。

「壱くん」

ふと、ルカが隣にやって来た。しゃがむと、座っている壱に視線を合わせる。

「ありがとう」

「何が？」

「オレが合同ライブを不安がってたから、ああいう場を用意してくれたんだよね？」

「さあ？」

そう言えば、ルカは少しだけ驚いたような表情になる。けれどすぐに、

「そっか」

と、唇の両端《りょうはし》を持ち上げた。彼の横顔が、窓から差し込む夕焼けに照らされる。

「今日歌ってね、オレ、みんながいてくれたら、大丈夫だなって思えた。これだったら、合同ライブも頑張れると思う」

「夜も眠れそう？」

「うん。今ここに布団《ふとん》があったら、そのまま眠れるかも」

「ん」

（よかった）

壱も、ルカに笑みを返した。

「壱」

すると雨夜にも名前を呼ばれる。顔を向けると、同じように微笑を浮かべる雨夜がいた。

「僕も、ありがとう。兄さんから理由を聞けてよかった。ずっと聞けなかったから。認めてないって言われるのが怖くて……。でもそんなことないって知れて、よかった。もっと頑張りたいって思えたよ」

「けどまさか、あんな理由だったなんてなー。なんつーかFYA'Mっていっつも余裕ある感じじゃん？　でも地区予選で落ちるかもしれないとか思ったりしてたんだな。……いやまあ、実際落ちたわけなんだけど。あいつらもそういうこと気に……」

そこまで言ったところで「あ」と、燐が何かに気づいたような声を出す。

「どうしたの、燐」

「いや……水くせえって思ってたけど、そりゃそうだよなって。先にアカペラ始めたあいつらって、俺たちの先輩なわけじゃん？　後輩にかっこ悪いとこ見せたくないのは、先輩として当然だよなーって」

「そう考えると、納得。意地悪って言っちゃって、みんなに悪かったな」

次会うときに謝ろう、と壱は決める。

「FYA'Mが地区予選で敗退なんて、アオペラって本当にレベルが高いんですね……」

「全国大会が八月で、テレビで放送もされる……んだっけ？」

「夏休みだよね。誰かの家で一緒に観ようよ」

スマホを取り出して予定を確認《かくにん》していれば、チャイムが鳴り響いた。

「さすがにそろそろ帰らなきゃ」

壱たちは帰る準備を済ませて、校舎を出る。

「みんな予定合いそうだね」

歩きながら先ほどの続きを話す。アオペラの当日は、みんなで揃ってリアルタイム視《し》聴《ちょう》ができそうだ。

「壱、もし大丈夫ならお前ん家《ち》でどうだ？　お前が誰かの家行くよりも、俺らがお前んとこ行く方がスムーズそうだ」

「うん、いいよ」

燐の提案で、昼頃《ごろ》に壱の家に集合、ということが決まった。

「いつの間にか暗くなってきましたね」

道貴の呟きにつられて空を見上げた壱は、遠くに飛行機が飛んでいるのを発見する。

「雨夜、飛行機」

「あ、本当だ」

壱は飛行機を見かけたら雨夜に報告すると決めている。教えれば、雨夜も空を見上げた。

「そういえば雨夜くんは、今も飛行場に通ってる？」

同じように空を見たルカが、雨夜に尋ねた。

「え？　うん。時間があるときなんかは」

「次の日曜日はどう、かな？　父の見送りに行くから、会えたらいいなって……」

「そうなの？　今のところ行くつもりだから、会えたらいいね」

「あのー」

頷き合う雨夜とルカを交互に見ながら、道貴が首を傾げる。

「それだったら一緒に行ったらいいんじゃないですか？」

「え、でも……迷惑《めいわく》じゃない、かな」

「僕はそんなこと思わないよ？　むしろ僕こそ」

「オレだって」

「じゃあ一緒に行ったらいいよ。その方が楽しいよ」

壱の言葉で背中を押されたのだろう。

「じゃあ……予定確認して、改めて連絡するね」

「うん」

そう、雨夜とルカが話す。

そんな二人に、燐がニッとする。

「そういや雨夜、いつの間にか人見知りなくなったな」

「まあ、さすがに三カ月も経てばね。……でも、そっか。もうそんなに経つんだ」

「ね。なんだかあっという間」

アカペラをしたいと言い始めてから毎日が怒涛《どとう》のように過ぎていった気がして、壱は頷く。

「僕ら、仲良くなったね」

しみじみと壱が呟けば、四人は一瞬、きょとんとした。けれどすぐに、笑う。

「なんで笑うの？」

「いや唐突《とうとつ》っつーか……でもまあ、うん。確かにそうだな」

「最初は道貴さんやルカさんとどうやって話せばいいのか分からなかったりしたけど」

「お互い、呼び方も余所余所《よそよそ》しかったですよね」

「歌ってもなんだかしっくりこなくて」

「けど、今じゃちゃんとアカペラになった。それってやっぱり仲良くなれたからだよ。僕たち、ちゃんとアカペラできてる」

一つの歌をみんなで歌うのだ。そのためには、心を一つにすることが必要に違いない。

（あとはイベントが成功すれば――）

「じゃああとは、作詞だけですね！」

にこにこと道貴に言われて――壱たちは硬直した。

「……忘れてた」

盛況《せいきょう》だったことですっかり舞い上がっていたけれど。

合同ライブ成功のための最難関は、まだ残っているのだ。

晴天に恵《めぐ》まれたその日。

壱の家に、燐、雨夜、道貫、ルカがやって来た。

「父さんも母さんも今日はいないから、ゆっくりしてね」

飲み物をテーブルに並べて、五人はリビングでテレビを囲む。

テレビを点《つ》ければCMが流れていた。アオペラの中継《ちゅうけい》まであと一、二分ある。

「FYA'M'のみんな、観に行ってるんだよね」

「うん。朝晴兄さん、朝から出かけて行ったよ」

「じゃあ客席にみなさんが映るかもしれないですね！　見逃《みのが》さないようにしないと」

「楽しむのもいいけど、こっちもやっぞー」

そう言って燐が鞄《かばん》から出すのはノートとペンだ。

それを見て壱たちも同じようにテーブルに広げる。

イベントまであと一カ月を切ったにもかかわらず、歌詞は未《いま》だ完成にまで辿《たど》り着《つ》いていないのだ。

といっても、仮にはできている。テーマも『みんな一緒なら』と決めた。練習の合間に相談し、ときには夜に全員でボイスチャットをしながら話し合い、単語やフレーズを組み合わせた。

それでもまだ完成だと思えないのは、FYA'M'の存在が大きいのだろう。ただでさえ朝晴からもらった曲であることと、なまじ初めて聴いたアカペラが彼らのオリジナル曲だったことから、もっと良《い》いものになるのではないか、と妥協《だきょう》できないのだ。かといっていつまでも悩んでいては、それこそ合同ライブに差し支《つか》える。というわけでどんな出来になったとしても、今日で歌詞は完成させると、壱たちは決めていた。

(今の歌詞も嫌いなわけじゃない。でも、もっと何か……)

「あ、始まったみたい」

ルカの声で、壱はテレビへ視線を向けた。

映っているのは東京《とうきょう》の、とあるドームだった。たくさんの人が集まっている。

「地区予選で優勝した一位から三位までが、全国大会に出場してるんだって」

(そこにFYA'M'は入れなかった……)

僅差《きんさ》だったとはいえ、FYA'M'よりアカペラの上手い人たちがいることが壱たちには信じがたい。

(だってプロじゃなくて、みんな僕たちと同じ高校生なのに……)

ついテレビを食い入るように見つめていた壱は。

「あっ！」

「わぁっ⁉」

「ど、どうしたの、壱くん。大声出して……」

「今、晴さんが客席にいたの映ってた！」

「えっ、どこ⁉」

「……もう見えなくなっちゃった」

雨夜が画面に近づいた頃には、カメラワークは切り替わってしまっていた。

「いたかぁ？　見間違《みまち》いじゃねえの？」

「ううん、絶対に晴さん。僕の大好きな顔、見間違《が》えるわけないよ」

しばらくの間、壱は雨夜と共に客席を見つめていたが、朝晴どころかFYA'M'の誰も映ることはなかった。

「客席、もっと映してくれればいいのに」

「まあ、今日の主役は兄さんたちじゃないから……」

「壱、雨夜、戻ってこい。そんなに近づくと目ぇ悪くなんぞ」

「「はーい」」

テレビの前を陣取《じんど》っていた二人は、燐に言われて元の場所へ座り直した。

そして燐と道貴、ルカが歌詞を考えているのを見て、壱もテレビを観ている場合ではないと作業に移る。

――だがすぐに、全員が手を止めることになった。

「……すごい……」

呟いたのは誰だっただろう。全員が同じ感想を抱《いだ》いていた。

「あいつらもすげー上手かったけど……」

テレビ越《ご》しでも、聞こえてくる声が、歌が、綺麗《きれい》に重なり合っているのが分かる。どんな音も外さない。

それぞれが役割をこなし、一つの音楽の世界を作り上げている。そしてそれはグループごとによって違う。明るい曲。爽やかな曲。静かな曲。グループが変わる度《たび》に、感情が次々に入れ替わる。

それが、とても――。

(楽しい……！)

無意識に壱は、リズムに合わせて体を揺らしていた。そんな自分に気づき、驚く。

(……舞斗たちの歌を聴いたときと同じだ)

あの日は、幼馴染《おさななじみ》が普段と違う場所で歌っている姿を見に行っただけだった。

けれど歌い始めた瞬間、目が離せなくなった。彼らの声しか聞こえなくなった。心臓がドキドキして、楽しくなって。

壱の手から、持っていたシャーペンが落ちる。

転がってきたそれを、道貴が拾った。

「落としましたよ？」

道貴が渡してくるが、壱は受け取らない。

「あの……壱先輩？」

壱の瞳はテレビに釘《くぎ》づけで、道貴に気づいてすらいなかった。

「僕——この人たちみたいに歌いたい」

ずっと喉まで出かかっていた、形にならなかった言葉が溢《あふ》れてくる。

「……し、みんなとだったらできる気がする。みんな、違うけど。声とか。でもだからそれがよくて。あの日、風に乗って聞こえてきて——」

ステージに立つ『FYA'M'』の姿が。隣にいた燐と雨夜の顔が。中庭から聞こえてきた道貴の声が。出会ったときに聞いたルカの声が。中庭でのみんなとの歌が。

一気に壱の頭の中を流れていく。

「お、おい、壱？」

「……シャーペン」

「へ？」

「僕の、どこ？　早くしないと全部消えちゃう……！」

「壱先輩、シャーペンどうぞ！」

「ありがと！」

道貫からシャーペンを受け取った壱は、次から次へと浮かんでくる言葉をノートに書き出していった。

――ひたすらノートにシャーペンを走らせる壱を、四人はぽかんとした様子で見る。

「今さ、パート分けを仮に決めてたけど。完成したら改めた方がいいかもな」

不意に、壱のノートを一瞥《いちべつ》した燐が微《かす》かに笑った。

「かもね。歌いたいフレーズとかあるだろうし。逆に歌ってほしいところとか」

「被《かぶ》ったらどうしますか？」

「そんなのジャンケンに決まってんだろ」

「壱くんと燐くん、ジャンケンで取り合ってたよね。……って、壱くんが頑張ってるんだから、オレもやらないと」

「ボクも、今いいの浮かびました！」

「じゃあある程度のところで、全員のを組み合わせていこうか」

壱だけに任せてはいられないと、四人もノートに書いていく。

ふと、わあぁ……と、歓声《かんせい》と拍手が聞こえてきた。どうやらどこかのグループが歌い終わったらしい。

（……僕たちも、あんな風にみんなに楽しんでもらえるかな？）

テレビの向こうで歌っているグループに自分たちの姿が重なって、壱は目を細めた。

そして――――。

いつの間にかテレビがニュース番組に切り替わり、カーテンから差し込む光がオレンジ色になった頃。

「――できた……」

ノートに書かれた『Playlist』の文字を、壱たちは見つめていた。

第六章　届け！　僕らの歌声《ハーモニー》

「それでは聴《き》いてください」

歓声《かんせい》と拍手《はくしゅ》が沸《わ》き上《あ》がる。FYA'M'《フェイム》の歌声が、それらに負けないくらい大きく響《ひび》く。

そのステージを、観客の後ろから壱《はじめ》は観《み》ていた。

(夏の大会に出てたグループもすごかったけど、でもやっぱりFYA'M'の歌、好きだなあ。トップで目立つミツの声、全体のバランスを崩《くず》さない舞斗《まいと》の器用な歌い方、その間でブレずに歌い切ってるアッキー、低い部分をしっかり歌いこなす晴《はる》さん、リズムと低音でみんなを支えるミャーくん、曲の雰囲気《ふんいき》を出すボイスパーカッションのふかみん――)

初めて聴いたときはただ圧倒《あっとう》されるだけだった。

けれど今は、誰《だれ》がどんな役割を担《にな》って一つの歌を作り上げているのか。そしてどれだけ努力をして今の結果になったのかが伝わってくる。

そんなことを考えていると、

「壱！」

「やっと見つけた！」

燐《りん》と雨夜《さよ》が、人混みを掻《か》き分《わ》けるようにしてやって来た。

「いきなりいなくなったからびっくりしたよ……僕らも準備しないと」

「でもFYA'M'の歌、聴きたい」

「それは裏からでも聴けるだろ」

行くぞ、と燐に促《うなが》される。

(そういえば、初めて舞斗たちの歌を聴いたのも、この三人でだったなあ)

前を行く燐と雨夜の背中を見ながら、壱は思い出す。

(あのときはただ見てるだけだったけど、今日は同じステージに立てるんだ)

それが不思議で、同時にどこか誇《ほこ》らしかった。


FYA'M'と共に参加している今日の合同ライブは、駅前の、広場のようになっている空きスペースで行われている。簡易的なステージがあり、通りかかった人が気軽に立ち寄れるよう、椅子《いす》のない立ち見だ。

学生限定の初心者向け。集まるお客さんも十数人程度。そう聞いていたが――。

「うわぁ……ステージ前、結構お客さんいますね」

ステージの袖《そで》から、隠《かく》れて外を覗《のぞ》き込んだ道貴《みちたか》が口を開く。

「奏ヶ坂《かなでざか》のみなさんは、そんなに集まらないって言ってたのに……」

「今日は、商店街のセールみたいだよ。そのせいで、人通りが普段《ふだん》より多いのかも」

でも……とルカが眉尻《まゆじり》を下げる。数十人という想定の倍以上の数に圧倒されているようだった。

「何も、今日じゃなくてもって感じだよな、つかよぉ……。奏ヶ坂のやつらも、自分らの番が終わったらさっさと帰るとか……」

トップバッターだったFYA'M'が歌い終わったのは、今から十五分ほど前だ。ステージ裏に戻《もど》ってきた彼らは、「それでは頑張《がんば》ってください」とにこやかに去っていった。

「元から、みんなこのあとに予定があったんだ。残念だけど、こればっかりは仕方がないね」

「……そろそろ、前のグループが歌い終わりそうです。緊張《きんちょう》してきました……」

「いつも通り楽しもう。僕たちが楽しんで歌ってたら、お客さんも楽しんでくれるよ」

「壱くんはすごいね。緊張してるところ、全然見たことない」

「緊張しないわけじゃないよ。でもつまんなそうに歌ってたら、聴いてる方も楽しくないのは絶対だし……楽しいは伝染《でんせん》するって聞いたこともあるよ」

というより壱は身を以《もっ》て知っている。アカペラをしたいという気持ちは、FYA'M'から伝染したものだ。

「あはっ、やっぱり壱くんはいいね」

いつも通りの壱の態度に、ルカが笑《え》みを零《こぼ》す。

「オレ、キミのそういうところ大好きだよ。そうだよね。みんなで頑張って作詞もしたんだし……オレたちの楽しい気持ち、歌に乗せて伝えられるといいね」

壱につられて、ルカの緊張も多少は和《やわ》らいだようだ。

「ん」

「……ルカがこう言ってんだから、俺も気合入れないとな！」

燐がそう言って自分の頰《ほお》を叩《たた》き、雨夜と道貫も深呼吸をした。

楽しい気持ちだけでなく、緊張も、緊張が解ける瞬間《しゅんかん》も、伝染していくものらしい。

そうこうしている内に前のグループの歌が終わり、退場していく。

「続きまして、今回初登場となります。まだ結成して数カ月のフレッシュなグループだそうですが、どんな歌声を聴かせてくれるでしょうか」

「みんな、楽しむよ」

四人を振《ふ》り返《かえ》り、壱は笑いかける。

「都立音和《おとわ》高校のみなさん、どうぞステージへ！」

五人は袖から、舞台《ぶたい》上へ歩き出した。

スタッフからマイクを受け取り、ステージで横並びになる。

（わ……人、いっぱい）

分かっていたことなのに、改めて真正面に立つと、その数に驚《おどろ》いてしまった。

「えっと……僕らは、四月から、アカペラを始めました。だから他のみんなに比べたら、まだまだなところもあるかもしれない。でも——アカペラをしたいって、みんなで歌いたいって気持ちは、本物です」

練習通りの口上を述べ、壱は隣《となり》にいる燐、雨夜、道貫、ルカをそれぞれ見る。

みんなが頷《うなず》いたのを確認《かくにん》して、壱は息を吸った。

「だから——聴いてください。『Playlist』」

壱の歌い出しが聞こえた瞬間、燐は鳥肌《とりはだ》が立つのを感じた。

（壱のやつ、いつもよりすっげー声伸《の》びてねえか!?）

自分のパートを歌っていた燐の顔から強張《こわば》りが消え、代わりに笑みが浮《う》かぶ。

（こんなん聴かされたらやるしかねえだろ！）

声が裏返ったりしないかなんて不安もない。練習通り、いや、練習以上に歌えば問題などない。

（最初はただ壱に乗っかって、楽しそうかもってくらいの気持ちだったけど）

アカペラを通して、壱と雨夜の新しい一面を知ったり、普段なら交流しなかったであろう道貴やルカと仲良くなれたりした。

（もっと楽しくなれんのかな、みんなとなら）

（燐、前に舞斗さんに音程がズレてるって言われたことあったけど……もうそんなこと全然ないみたい）

歌いながら雨夜は、合同練習でのことを思い出す。

（僕は朝晴《あさはる》兄さんに、優等生って言われちゃったけど……）

動画を手本に、そのままに歌っていたように思う。

だが今歌っているのは、この五人で作詞をして、朝晴が作曲してくれたオリジナルだ。

誰もまだ、この曲を知らない。みんなで作り上げたこの音楽を、もっとたくさんの人に知ってもらいたい。

（言葉が、音が、どうしたらみんなに届くかずっと考えて——今届いてるのかなって思うと、それは、すごく……！）

壱に誘《さそ》われて、燐につられて始めたアカペラは、今の自分にとってとても楽しくて、かけがえのないものになっていた。

（前に、光緒《みつお》君に言われちゃいました。ボクはみんなに合わせようとしすぎて、逆に引っ

張られて崩れちゃうって）

周りの音に合わせて歌うことは大事だと、道貴は思っている。

だがそれで、誰かに聴いてもらうための歌が味気ないものになってしまってはいけない。

（壱先輩《せんぱい》、楽しもうって。そしたら聴いてくれたみんなも楽しんでくれるって。ボクたちの歌で、聴いてくれた人を楽しませたいです。だから、もしみんなが失敗しちゃっても、ボクがそれを補います。引っ張っていってもらうんじゃなくて、ボクがみんなを引っ張ります！）

だって歌は、自分の得意分野なのだ。

（そしたらルカ君だって安心できるだろうし……それに、そんなボクはきっと、ボクのなりたいボクに近づいてると思うから――！）


（正直……心臓はまだドキドキしてる。不安な気持ちも、怖《こわ》い気持ちもある。だけど、逃《に》げたくない）

震《ふる》えそうになる手で、ルカはマイクを強く握《にぎ》る。

（ダメなところはまだあるけど、ここまで一生懸命《いっしょうけんめい》やってきたみんなを、オレを、否定したくない。オレが自信なくて、みんなまでダメだって思われるのは嫌《いや》だ。みんなのために、オレももっと変わりたい）

俯《うつむ》きそうになる顔をしっかりと前に向ける。

(ここでならオレは変わっていけるはずだから)


歌いながら、壱は不思議な気持ちだった。

自分の声が自分のものではないみたいだった。足元がふわふわしている。夢の中にでもいるような気分だ。

だが一緒《いっしょ》に歌っている燐や雨夜、道貫、ルカの声は本物で、現実なのだと分かる。ミスをしても、すぐさま他のメンバーがカバーする。誰が欠けてもいけない。まるで楽器のように重なって、みんなで一曲を作り上げていくのが心地《ここち》いい。

(みんなが僕らの歌、聴いてる。楽しそうにしてる。歩いてた人も足を止めてくれて)

もっと聴いていてほしい。楽しんでほしい。何より——歌っていて、楽しい！

(舞斗も、晴さんも、ミツも、アッキーも、ミャーくんも、ふかみんも、みんな同じ気持ちなのかな。だからアカペラしてるのかな)

きっとそうだろうという確信が、壱にはなんとなくあった。だってそうでなければ、壱もアカペラをしたいと心を動かされるはずがないのだ。

(もっとみんなで歌ってたい——)

青空の眩《まぶ》しさに目を細めながら、壱は強く、そう思った。

歓声と拍手を聴きながら、歌い終えた壱たちはステージを降りた。

「すげえっ、まだ拍手してくれてるぞ！」

「みなさん、楽しんでくれたんですねっ」

「あんな小さな子まで、一生懸命拍手してくれてるよ？」

ステージの裏から、燐と道貴、ルカが客席を覗き込む。

「お母さんも嬉《うれ》しそうだし……」

「壱の言う通りになったね。楽しんで歌っていたら、お客さんもみんな楽しんでくれるって」

「ん……」

小さく、壱は頷く。

歌い終わって興奮している四人と対照的に、壱の表情はどこか硬《かた》い。

「壱先輩、あんまり楽しめなかったですか？」

心配そうに道貴に顔を覗き込まれて、壱は首を横に振る。

「じゃなくて……楽しすぎて、嬉しすぎて……今僕、すっごい幸せみたい。これでも、初めてのステージで緊張してたんだ。でもみんなの歌声も浴び出したら緊張なんて消えて……ただただ歌うのが楽しくなってた」

これまでにないほど心臓がうるさくて、顔が熱い。普段こんなことにならない分、壱はその感情を持て余していたのだった。

「ははっ！　確かに、歌い終わったあとの達成感とか、『最高に幸せ！』って感じだよなっ！　俺もこういう楽しさは今までなかったし、それを壱たちと一緒に経験できたのは、マジで幸せだぞっ」

満面の笑《え》みの燐に肩《かた》を組まれて、壱は「わっ」と声を上げる。

「僕も、声がいつもより気持ちよく出せたし……ほら、指見て？　まだ震えてる」

そう言って雨夜が手のひらをみんなに向ける。

「興奮で体が震えるなんて、初めての経験だよ」

そう話す雨夜の顔は、どこか満足げだった。

「ボクは、最初の一音を出したら空の青さと交わるのが見えた気がして……感動しました。客席のみなさんが徐々《じょじょ》に笑顔になってくれるのも見えて、そうしたらもっと笑顔になってほしくなりました！」

「正直、まだまだつたない部分もあったと思う。それでも、みんなが最後まで聴いてくれてるのが嬉しくて……歌い終わるのが残念なぐらいだったよ」

どの感想も共感ができた。みんながあのステージで一つになっていたことを、壱は改めて実感する。

ステージではもう次のグループが歌っているらしく、声が聞こえてきた。ルカがそちらに顔を向ける。

見ているのも聴いているのも彼らのステージ――ではない。

彼らを通して壱たちは、自分たちがあそこに立っていた感触《かんしょく》を思い返していた。

「また、ステージに立てたらいいのにな……」

ぽつりと呟《つぶや》いたのは、ルカだった。

「え？」

壱が聞き返すと、ルカも驚いたように振り返る。

そしてその場にいる全員が自分を見ていることに気づいて、我に返ったようだった。

「あ、ごめんっ。こういうのは、一回ぐらいならって話だったよね。ただその……想像以上に気持ちのいい場所だったから、つい。今のは忘れて――」

「なんで忘れないとダメなのさ。僕も同じ気持ちだったのに」

聞き返したのは、何を言っているんだ、という意味ではない。ルカに自分の心を読まれたようで驚いただけだ。

あと、あんなにステージに立つことに消極的だったルカが、まずそう発言したことが嬉しかった。

「実は僕も」

「あー……俺もだな。もう一度、あそこに立ちてえ、とか思ってた」

「同じくです！」

雨夜が遠慮《えんりょ》がちに片手を挙げ、燐は首の後ろに手を回し、道貴は飛《と》び跳《は》ねるように勢いよく右手を頭上に向けて伸ばした。

「おこがましいのを承知で、奏ヶ坂のみなさんみたいに上手《うま》くなりたい、なんて思いも——」

両手の指を胸の前で組んだ道貴の背後に、ふ、と人影《ひとかげ》が現れる。

「へー？　みちたかも、言うようになったじゃねーですか」

「わっ⁉　なんで光緒君が⁉」

予想外の声に遮《さえぎ》られて、道貴がビクッと肩を揺《ゆ》らす。

「ていうかみなさんお揃《そろ》いで⁉　帰ったんじゃなかったですか⁉」

道貴の後ろには、光緒だけでなく、FYA'M' みんなの姿があった。

「見てましたよ。離《はな》れたところからこっそりと」

「宗円寺《そうえんじ》くんの……提案。ぼくたちが見える場所にいたら、逆に緊張する可能性があるって。萎縮《いしゅく》したら本来の力を出せないって……最初ぐらいは陰《かげ》から見てましょうって……」

「兄さん……」

朝晴が物陰《ものかげ》から自分たちを見ていたところを想像したのか、雨夜はふふっと口元に手を当てて笑う。

「やっぱり兄さんは優《やさ》しいね」

「この程度で優しいなどと……」

「さすがは、信用と実績の朝晴先輩です！」

嬉しそうな雨夜の横で、道貫も笑っている。

「その褒《ほ》め言葉は、企業《きぎょう》に向けて言うもののような気がしますが」

「あはっ。ミッキーちゃんは、いつでもどこでも天使よね。さすが純正。うちの光緒ちゃんとは違《ちが》――」

「あーきーらー……？」

道貫とは違うにこにこした顔で、光緒が小首を傾《かし》げる。

「今、何か言いやがりました？」

「うちの光緒様の方が天使です！　世界一可愛《かわい》いです！　と、言いかけてました！」

慌《あわ》てたように姿勢を正した明《あきら》が、そんな光緒に向き直る。

「今、最後まで言えて嬉しいなあっ、などと！」

「そうでしょうとも」

明の答えに満足したのか、光緒はふふんと鼻を鳴らした。

そんな二人に、由比《ゆい》が注意する。

「お前たち、だいぶ話が逸《そ》れているぞ。今は、彼らを称《たた》える場面ではなかったのか？」

「称えてくれるの？　合同練習じゃないのに？」

「称えるべき相手は称えますよ。初めてのライブとは思えない、大変良《い》い演奏でした」

問題点の指摘《してき》ではなく、こうやって朝晴から褒められることはなかなかない。そのせいか、壱たちはくすぐったそうに頰を緩《ゆる》める。

「……雨夜、よくやりましたね」

名指しされた雨夜は、嬉しそうに破顔した。

「ありがとうございます、兄さん！」

朝晴の名指しを筆頭に、それぞれが壱たちを褒め出し始める。

「朝晴殿《どの》の言う通りだ。燐殿も、実に素晴《すば》らしかったぞ」

「お、おお。ありがとなっ」

「ルカちゃん、練習のときよりもずっと声が出てたよ。頑張ったね、偉《えら》い偉い」

「本当？　ありがとう、明くん！」

「みちたかもいい線いってたし、かっこよかったでーすよ」

「ありがとうございます！　光緒君もかっこよかったです！」

「だから！　オレはかっこいいじゃなくて可愛いなの！　この台詞《セリフ》、何度言わせる気!?」

照れたり、喜んだり、逆に褒め返して何故《なぜ》か怒《おこ》られたり。

その様子を壱が眺《なが》めていると、舞斗に肩を叩かれる。

「はじめも、いつもよりよかったんじゃねえの？　俺のレベルに達するまでは、まだまだだけどな！」

「ん」

「いやだから、そうじゃねえだろが！　もうちょっと悔《くや》しがるなり、言い返せっての!!」

そう言われても、納得《なっとく》しかしていない壱にはピンとこない。

(だって舞斗がすごいのは本当だし。舞斗みたいになるには、僕らももっともっと頑張らないと)

不満げに唇《くちびる》を尖《とが》らせている舞斗を見ていると、その後ろにいたふかみと目が合った。

「みんなの声……気持ちよかった。空気と混じり合って……客席全体を包み込む感じ……いいね……すごくいい」

微笑《ほほえ》まれて、壱も笑みを返す。

「ぼくらにはない……良さ」

「これも、奏ヶ坂のみんなのおかげ」

ふかみと舞斗、道貫と話していた光緒、ルカと話していた明、燐と話していた由比、雨夜と話していた朝晴へ、壱はそれぞれ瞳《ひとみ》を向ける。

「アカペラの良さって歌うだけじゃないね。聴いてもらう楽しさ、あるね」

「だろ？」

へへっ、と舞斗が白い歯を見せた。

「なあ。受け付けんときに、アカペラのイベントチラシもらったよな？　あれ、見てみねえ？」

「ボクが預かってます！　えっと……」

燐に言われて、道貴がステージ裏の隅《すみ》に置いていた鞄《かばん》からチラシを数枚取り出す。

「これですっ」

「お前も見てこいよ」

「ん」

舞斗に背中を押されて、壱は道貴の下へ向かった。

「今さらですけど、アカペラのイベントって結構あるんですね。小規模なのから全国大会まで――あっ、これ……」

五人でチラシを覗き込み、その中の一枚に全員の目が奪《うば》われる。

「『アオペラ』だ」

青を基調とした爽《さわ》やかなチラシの下の方には、小さい文字がずらっと並んでいた。

「……全国大会だからなのかな。協賛の数がすごいね。有名企業の名前が連なってる」

その文字をルカが指差す。

「アカペラの人気って、もしかしてオレたちが想像してる以上かも……」

そう言われて思い出した夏の大会は、確かに動員数がすごかった。

「冬の申し込み、まだやってたんだな」

ルカの指先を目で追っていた燐が言う。

「やってたっていうか、これ、締《し》め切《き》り今日だよ。ＷＥＢなら間に合うけど……」

雨夜が壱たちを見回し、その視線を受けた壱は唇を開く。

「アオペラに出場したら、今日とはまた違う楽しさ、経験できるかな」

(あの広いステージで、たくさんの人の前で……)

今日だけでこんなに楽しかったのだ。それ以上の場所で、なんて、どれだけ楽しいことだろう。

「まずは予選突破《とっぱ》だろ」

壱の想像を、そう燐が遮る。

「あ、そっか」

「アオペラ……予選突破……ボクたちにできますか……？」

「やらない限り突破もできないし、オレは挑戦《ちょうせん》してみたいよ」

おずおずとした道貴の問いに答えたのは、意外にもルカだった。

道貴だけでなく、それには壱も燐も雨夜も驚く。

「ルカさん、前向きな意見増えたね。自信、ついてきてる証拠《しょうこ》じゃない？」

雨夜に言われて、ルカはどこか恥《は》ずかしそうに笑う。

「なりたい自分はまだ遠いけど、みんなのおかげで少しずつ近づけてる気はしてる。あとは……今日の感動と喜びを、また一緒に感じたいんだ」

「僕も、みんなのおかげで色んな楽しみが――ああでも、兄さんとこういう勝負をするなんて初めてだよ」

「嫌？」

雨夜が朝晴をどれだけ信頼《しんらい》しているかは知っている。

合同練習では一緒に歌う仲間だが、アオペラに出場するとなるとライバルになってしまうのだ。

壱が尋《たず》ねると、雨夜は少しだけ悩《なや》む様子を見せた。けれどすぐに、

「……ううん、嫌じゃない」

そう、首を横に振る。

「兄さんが僕の自慢《じまん》であるように、僕も兄さんの自慢の弟になりたいんだ」

「ってことは、あっちより上の順位になんねーとな」

「出るからには優勝って言いたいけど……僕たちは、楽しむのを一番にしていいと思う」

勝ちたくて、アカペラを始めたわけではない。それは、他のみんなもそうだろう。

実際誰も、壱に異を唱えることはしなかった。

「あと、雨夜は今でも朝晴の自慢の弟だよ」

そうでなければ、わざわざ隠れて見守ってくれるようなことはしないだろう。

「ありがとう」

頷いた雨夜が、朝晴を振り返る。壱たちも顔を上げ、FYA'M'を見る。

「あれ？」

が、いつの間にか全員いなくなっていて、目を見開いた。

「ボクたちがしゃべってる間に、行っちゃいました!?」

「あいつら自由過ぎねえ？」

「オレたちもオレたちで盛り上がっちゃったし……気を利《き》かせてくれた、のかな？」

「そうなのかもしれないね。……でも、そうだね」

雨夜はそう言って笑う。

「行けるところまで行ってみようか」

「うん」

歌いたい、の目標は叶《かな》った。次の、聴いてもらう、というのも。では次は、もっとたくさんの人に、だ。

「じゃ、まずはエントリーだな」

「不安はあっても、ワクワクもしてきました。みんなでたっくさん、楽しいを見つけましょう！」

「ん、みんなで行こう。絶対に、アオペラへ――」

（この五人でなら、もっともっとたくさん歌えるし、歌いたい）

期待に、壱の胸は強く高鳴るのだった。

エピローグ　彼らのこれから

ステージを離《はな》れ、駅へ向かって歩く朝晴《あさはる》に、舞斗《まいと》たちは続く。

「んだよ。あいつらがアオペラに申し込むか、確認《かくにん》しねえの？」

「ここでわざわざは必要ないでしょう。どのみち、雨夜《さよ》君が報告してきます。彼は、私に秘密を作らない」

「えー？　せっかく全員集合してるんですし、普通《ふつう》に一緒《いっしょ》に頑張《がんば》ろうとか言えばいいじゃねーですか」

「そういうのは向こうが望んだとき、伝えればいい話。まあ、俺もルカちゃんが電話してくるだろうから、申し込んだかは今夜中に分かりそうだけどね」

「俺たちとは雲泥《うんでい》の差《さ》とか言ってたくせにやる気になってたな、はじめたち。こうなることを見越《みこ》してたのか？」

「こうなればいいのに、とは。私たちと一緒に練習しているんです。いつまでもお遊びでは困るんですよ」

「鈴宮《すずみや》さんたち、アオペラのステージに立てるね……」

「さて、それはどうだろうな」

どこかワクワクした雰囲気《ふんいき》の五人に言うのは、一番後ろを歩いていた由比《ゆい》だ。

由比は足を止め、遠くなったステージを振《ふ》り返《かえ》る。

「今日は初だから俺たちも褒《ほ》めたが、決して最高で完璧《かんぺき》なパフォーマンスではなかったぞ」

初参加の割には盛り上がったステージだった。だが集まった人数は数十人しかいない。結局今日のは、そんな小さなイベントでしかないのだ。

「彼らも場数を踏《ふ》めば、今日を思い出し反省もできると信じたいところだが……。それができないのであれば、予選でも下位敗退の可能性が高い」

由比の話に、舞斗は肩《かた》を竦《すく》める。褒めた言葉に嘘《うそ》はないが、由比の言う通りだという思いもあるからだった。

「夏の全国大会に出てた学校も冬に申し込んでるはずだし、うちも含《ふく》めて今年は当たり年だぜ？　はじめたちには厳しいだろうな」

この場にいる全員が思っている。自分たちでさえ地区予選で敗退してしまったのだ。アオペラの壁《かべ》がどれだけ高いかは、充分《じゅうぶん》理解している。

「特に Vadlip はすごかったしな」

「あそこはねー、なんていうか、段違《だんちが》いだったよね」

舞斗と共に明《あきら》もぼやく。あれだけ完成度の高い歌を聴《き》いたのは初めてかもしれない、そう思ったくらいだった。

そのあとに誰《だれ》も続かなかったのは、みんなが同じことを考えていたからだろう。

自分たちでさえそう思ったくらいだ。初参加の壱《はじめ》たちがどう思うか——。

「大丈夫《だいじょうぶ》。勝ち続けるよ……きっと」

そんな中、発言したのはふかみだった。

「ふかみん、随分《ずいぶん》いっちーたちのこと気に入ってますね？」

むぅ、と光緒《みつお》が唇《くちびる》を尖《とが》らせる。

「伸《の》びしろがあるバンドで……歌えば歌うほど、いい空気が包んでるし……ぼくたちも、うかうかしてられない……」

「うかうかするわけねーですよ」

笑うふかみに、光緒は眉《まゆ》を吊《つ》り上《あ》げた。

「向こうのいいところを見て、その全部をオレたちのものにして、もっといいものにする気満々でーす。せっかく身近なところにライバルができたのに、お互《たが》い刺激《しげき》しあわないでどーしますって感じですよねー」

「ええ」

光緒に頷《うなず》くのは朝晴だ。

「……朝晴、もしかして地区予選で負けたの結構気にしてるのか？」

「いいえ？　私たちはまだ部ができて一年も経《た》っていない上、初心者の集まりだったんですよ？　勝てなくても仕方ない、そう思っています。言ったでしょう、夏に参加したのは周りのレベルを知るためだと」

「そうか」

光緒が負けて悔《くや》しがっているのは彼の性格上納得《なっとく》できたが、それにすぐ朝晴が答えたのが意外だった。だから思わず、彼も実は気にしていたのかと思って、舞斗は訊《き》いたのだが——。

「……ですが」

朝晴は微笑《ほほえ》んで、舞斗たちを見回した。

「アオペラの頂点に立つのは当然私たちです。Vadlip にだって負けませんよ」

「……やっぱ気にしてんじゃん」

舞斗の呟《つぶや》きは、朝晴に聞こえなかったらしい。いや、敢《あ》えて無視をしたのかもしれなかった。

「手に入れますよ。次こそ、あのトロフィーを」

代わりに、宣言する。そこには確かに、強い想《おも》いがあった。

舞斗はそれを感じて、笑《え》む。

舞斗だけではない、他のメンバーも同じだった。

リーダーが自信を持ってそう言うのであればついていく。当然だ。

だから――

「ああ」

歩き出した朝晴に、五人は続いていった。

了

あとがき

初めましての方は初めまして。文里荒城《ふみさとあらき》と申します。

この度《たび》は『アオペラ -aoppella!?- みんなで届ける歌声《ハーモニー》』をお手に取ってくださり、ありがとうございました。

ノベライズは『都立音和《おとわ》高校アカペラ部始動！』のボイスドラマ＋αという形になりましたが、いかがだったでしょうか？

少しでもアオペラファンの皆様《みなさま》に楽しんでいただけたのであれば幸いです。

アオペラのキャラクターはみんなが生き生きとしていて、書いていて心の底から楽しかったです。

個人的に好きなシーンは、ボイスドラマからだと「晴《はる》さん、顔だけじゃないね」のくだり、ノベライズでのものだと燐《りん》の働いている時間に壱《はじめ》、雨夜《さよ》、道貫《みちたか》、ルカがファミレスへ行くくだりです。エピローグも、これからのみんなを想像してワクワクしました。

アオペラという素敵《すてき》な作品にかかわることができて本当に嬉《うれ》しかったです！

ここからはお礼の言葉を。

KLab Inc. 様、シナリオライターの中越麻朝《なかごしまあさ》様。監修《かんしゅう》他、本当にありがとうございました！　セリフやキャラに関してはもちろん、文章の誤用までチェックしていただき、頭が上がりません……！　表紙も毎日眺《なが》めるくらい好きです！

担当のY様。プロットの相談から締め切《し》《き》りまで、何もかもお世話になりました。特にスケジュールではご迷惑《めいわく》をおかけしました。ありがとうございました……！

ビーズログ文庫編集部の方々、校正者様、デザイナー様、他、今作に関わってくださったすべての皆様。ありがとうございました。

そして何より、この本をお手に取ってくださった方々に、心から感謝とお礼を申し上げます。

またどこかでお会いできることを願って。それでは。

文里荒城

◆ご意見、ご感想をお寄せください。
[ファンレターの宛先]
〒102-8177 東京都千代田区富士見2-13-3
株式会社KADOKAWA　ビーズログ文庫アリス編集部
「アオペラ -aoppella!?-」宛

●お問い合わせ
https://www.kadokawa.co.jp/
(「お問い合わせ」へお進みください)
※内容によっては、お答えできない場合があります。
※サポートは日本国内のみとさせていただきます。
※Japanese text only

アオペラ -aoppella!?-
みんなで届《とど》ける歌声《ハーモニー》

文里荒城《ふみさとあらき》
原作・監修・イラスト/ KLab Inc.

ビーズログ文庫
アリス

2022年8月15日　初版発行

発行者　青柳昌行
発行　株式会社KADOKAWA
〒102-8177　東京都千代田区富士見2-13-3
0570-002-301(ナビダイヤル)
デザイン　coil(世古口敦志+清水朝美)
印刷所　凸版印刷株式会社
製本所　凸版印刷株式会社

ISBN978-4-04-737081-4　C0193

Printed in Japan

定価はカバーに表示してあります。